ya
・文庫

蜜惑《みつわく》の首飾り

しみず水都

イースト・プレス

contents

序

はるか昔。この地には治める才のある者が、いなかった。
人々は近隣の強い者たちに支配され、搾取《さくしゅ》に遭い、虐げられていた。

しかしある時、遠方から能力《ちから》を持つ者たちがやってきた。
彼らは不思議な能力で外敵を追い払い、人々を苦しみから解放してくれた。
人々は彼らに感謝し、この地の支配者になることを希望した。
承諾した彼らは王国を作り、この地を治めることにしたのである。
以後この地は繁栄し、人々は幸福に暮らせているのだと伝えられている。

現在の王族や上級の貴族たちは、彼らの末裔《まつえい》だ。
長い年月で血は薄れているが、その能力は細々とだが続いているという。

1

ユーリアがブルム伯爵家の客用控室にいると、軽やかなワルツが聞こえてきた。

(大広間で舞踏会が始まったのかしら)

控室の窓に目を向ける。窓のすぐ外は中庭だ。

この屋敷はコの字型で、東翼にユーリアのいる控室や応接室、中庭を挟んだ西翼に大広間がある。夕闇に沈む中庭とは対照的に、大広間は黄金《こがね》色の光に溢れていた。音楽もその方向から流れてきているので、舞踏会が始まっているのだろう。ということは、オークションはもう終わっているはずだ。

(どなたか購入してくださったかしら……)

心配しながら窓の向こうを見つめる。

ユーリアは今日、ブルム伯爵家で開かれるオークションに指輪を出品していた。亡くなった母を、ルバルト伯爵家の墓に埋葬するためである。

ユーリアの家であるルバルト伯爵家には、現在お金がほとんどない。父のヘルマンが難病を患《わずら》い、高価な薬や治療法を試みるために使ってしまったからだ。王都にある家や家財など、借金の担保としてほとんどが差し押さえられている。

しかし、献身的に看病した甲斐もなく父は他界してしまった。しかも葬儀が終わってすぐに母が倒れ、意識不明に陥ったのち亡くなるという不幸が続く。

残されたユーリアは当時十七歳で、爵位を継ぐ年齢に達していなかった。しかも女性なので、爵位を継ぐには女性伯爵として事前に申請を出し、貴族社会を管理する貴族管理院から特別に許可を得る必要があった。

跡継ぎの男子がいないために、父が亡くなると伯爵夫人である母が自動的に暫定《ざんてい》伯爵となった。だが、その母がユーリアへ爵位の譲渡をするという申請を貴族管理院に出す前に倒れ、数日間意識不明が続き、ユーリアが十八歳になる直前に息を引き取ってしまったのだ。

十八歳にならないと、暫定でも爵位を継ぐことはできない。そのため、跡継ぎのいない伯爵家は存続を許されず、領地も貴族管理院に没収されてしまった。

時期の悪さも重なった。母親が亡くなって二週間後にユーリアは十八歳になった。そのため、未成年の貴族に支払われる養育年金がたった二週間分しか支給されず、以降は成年貴族だからと保護の対象にならなかったのである。

財産もなく収入の途絶えたユーリアに、母の葬儀を出せる力はない。亡骸《なきがら》を伯爵家の墓地に埋葬する費用すら持ち合わせていなかった。祖父が建てた修道院になんとか柩《ひつぎ》を預かってもらい、ユーリアもそこで暮らさせてもらっている状態だ。

葬儀ができなくても、せめて母を父と同じ墓所で眠らせてあげたい。なんとかして埋葬費用を工面したいと強く思う。

家も財産もないユーリアに残っているのは、形見の指輪だけだった。これを売却して埋葬費を作るしかない。

それで、ブルム伯爵家で開かれるオークションに、出品したのである。

舞踏会に集まる裕福な貴族たちを対象としたオークションは有名だ。大粒のエメラルドが輝く指輪は、高値で売れるかもしれない。

「指輪を手放してしまってごめんなさい。お母さま」

窓に向かって謝罪の言葉をつぶやいたとき、控室の扉が開く音が耳に届く。

「やあ、待たせたな」

ノックもされずに開かれた扉に驚き振り向いたユーリアの目に、茶色の髪と灰青色の目を持つ男の姿が映る。

「ヴィリー」

この屋敷の持ち主であるブルム伯爵の嫡男、ヴィリー・ザーラ・ブルムだ。口の端を上げ、ニヤついた表情で部屋の中に入ってくる。

「あの、指輪は……?」

いくらで落札されたのかと、近づいてくるヴィリーに腰を引きながら問いかけた。

三歳年上のヴィリーとは幼少の頃に、親戚の集まりなどで何度か会ったことがある。他の子の玩具を取り上げたり、女の子の髪を引っ張ったり、料理を侍女に投げつけたりと、彼は傍若無人なふるまいで嫌われていた。

もちろんユーリアも、髪留めやリボンを取られて泣かされた経験がある。そのせいで、今でもヴィリーのことは好きではない。

しかし、ヴィリーと旧知の間柄だということで、ブルム家で催されるオークションに、待機せず出品させてもらえたのだ。本来なら近づいてきてほしくない相手であるが、我慢しなければならない。

「残念ながら、買い手どころか手に取って見る客もいなかったよ」

ヴィリーは首を振りながらユーリアの右手を摑んだ。

「きゃっ……」

驚いて手を引こうとしたが、逆に強く握られてしまう。

「エメラルドは昔流行したせいで、オークションには沢山出品されるんだ。でも、どの貴族の家にもこの程度の指輪はあるから、今更オークションで落札する者なんて、いないんだよな」

握ったユーリアの手をぐいっと持ち上げ、手のひらに指輪をのせた。

「そ、そうなの……」

ヴィリーの嫌味な言い方にはむっとするものがあるが、この指輪の価値が低いことを知らなかった世間知らずな自分にも恥ずかしさを覚えて、ユーリアは唇を嚙み締めてうつむいた。

「貧乏貴族が求婚の際に贈る定番の指輪だ」

蔑むように笑いながらユーリアに答える。

「わ、わかったわ」

のせられた指輪をぎゅっと握り、手首を摑んでいる手を放してくれというふうに、ヴィリーを見た。

「でもこれ、売れないと困るんだろう？」

口の端を上げて問いかけてくる。

「そうだけど……あ、あてはあるから、大丈夫よ」

王都の宝飾品換金所へ行けば買い取ってくれる。オークションで売却するよりもずっと低い値段ではあるが、それでルバルト伯爵家の領地に戻り、わずかばかりだが領地の屋敷に残っている母と自分のドレスと宝飾品を売れば、埋葬費くらいは工面できるだろう。領地や屋敷の没収は決まったが、身の回りの物を持って引き退《の》く許しは得ている。

心の中で今後のことを考えていると、

「俺が買ってやってもいいぜ」

ヴィリーから予想外の言葉が届いた。

「あなたが？」

「おまえが必要なだけの金額を払ってやるよ。だが……」

ニヤニヤ笑っているヴィリーを見て、嫌な予感がした。

「お前のこの身体もよこせ」

（やっぱり！）

予想通り邪《よこしま》なことを考えていたのかと思うユーリアの手首を、ヴィリーがぐいっと引き寄せる。

「きゃっ」

突然強く引かれてよろけ、ヴィリーの方に身体が傾いた。

上半身が前に倒れて、ヴィリーの臙脂《えんじ》色の軍服へ胸を押し付けるような形になってしまっている。

「なんだ、本当は俺を誘惑するつもりだったのか？」

「違うわ！　は、放して！」

彼の手から手首を外し、反対の手で軍服の胸を押して離れた。

「乱暴だな。そんなことじゃ俺の相手は務まらないぞ。俺は上品でつつましやかな女がいいんだ」

「あ、あなたには、婚約者がいるでしょう？」

ヴィリーは三年前に婚約している。出席しなかったけれど、ユーリアの家にも婚約披露パーティーの招待状が届いたので知っていた。その相手を蔑《ないがし》ろにするかのような言動に怒りを覚え、ユーリアはヴィリーを睨《にら》みつける。

だが、そんなユーリアをよそに、ヴィリーはふんっと鼻で笑った。

「おまえを愛人にするのと、あいつとは関係ないことだ」

しれっと返してくる。

「わたしを、愛人にするつもりなの？」

婚約を破棄してユーリアと結婚したいのではなく、愛人として身体を弄《もてあそ》びたいということである。

「そうだよ。ユーリア・ザーラ・ルバルト。ああ、もう伯爵家の人間ではないからザーラはいらないのか」

嘲笑しながらヴィリーが言った。

ザーラとは、伯爵家の称号である。この国では、上級貴族の公爵はカザーラ、侯爵はゾーラ、中級貴族の伯爵はザーラ、子爵はターラと、名前と姓の間に爵位の称号がつく。男爵以下の下級貴族にはラだけがつくので、現在のユーリアは、ユーリア・ラ・ルバルトというのが正式名になっていた。

「伯爵家の人間でなくなった下級の貴族娘が、由緒あるブルム伯爵家の嫡男である俺の妻になど、なれるわけがないだろう？　愛人にしてもらえるだけでもありがたいことだと思えよ」

傲岸不遜《ごうがんふそん》に言い放ち、ユーリアに近づいてくる。

「どんなに困窮しようとも、あなたの愛人になるつもりはないわ」

肩に伸びてくる手にぞっとしながら後ずさり、ヴィリーから距離を取って言い返す。

「単なる没落した伯爵令嬢なら、どこかに貰い手があるかもしれないがな」

ユーリアの肩を摑めなかった手を握り締め、ヴィリーが悔しげに言い返した。

「な、なにが言いたいの？」

ぎくりとしながら聞き返す。

「俺はおまえの出生の秘密を知っているんだぞ。俺の母親は、お前の父親と親戚同士だからな。真実を知れば、中級以上の貴族でおまえと結婚しようと思う者はいないだろう」

親族の間では知られていることとはいえ、父母の想いを踏みにじるようなヴィリーの言動にユーリアは顔を顰《しか》める。

「出自《しゅつじ》など、関係ないわ。わたしはそういった方と結婚するつもりはないもの、これからもこの先も」

祖父の建てた修道院で一生を過ごすつもりだから、結婚など本当に関係ない。そう心の中でつぶやきながら、控室の出入り口に向かった。

ヴィリーが扉を開けっ放しにしていたので、そのまま廊下に出て屋敷の西側に向かって歩く。

中央の玄関ホールから外に出て、修道院に戻ろうとしたのだが……。

「あ、あら？　ここは？」

廊下の突き当りまで来て困惑する。玄関ホールだと思った円形の空間に、大きな扉がないのだ。

どうやら、反対方向に歩いてしまっていたらしい。しかも何回か角を曲がっているので、振り向いても逆方向は見えない。

再び控室に戻り、そこから逆に行けば玄関に出るだろう。だけど、戻る途中でヴィリーに出くわすのは目に見えている。

乱暴で傲慢な性格の彼は、愛人話を拒否したユーリアに何かするかもしれない。そうでなくとも、彼とは二度と顔を合わせたくない。

「ここから別の廊下を通って玄関に行けないかしら？」

思案していたら、後方からカツカツと足音が聞こえてきた。

柱の陰に隠れて覗くと、はるか向こうに臙脂色の軍服を着た人物が見える。

（ヴィリーだわ）

ここにいたら、近くまで来ると見つかってしまう。取り敢えず隠れなくてはと、手前にある扉の取っ手を摑んだ。

「し、失礼します」

何の部屋かわからないが、しばらく隠れさせてもらおうと中に入る。

すると、

「……っ！」

ひときわ大きなワルツの音が聞こえてきて、びっくりした。

ビロードのカーテンに囲まれたその部屋には、白いリネンやグラス、花などが置かれている。向こう側が少しだけ開いていて、隙間から華やかなシャンデリアの光と踊る人々、そしてワルツを奏でる楽団が見えた。

玄関ホールだと思った場所は大広間に繋がる小ホールで、この部屋は用具置き場に使われているらしい。

そっと中に入ったユーリアは、カーテンの隙間から見える大広間の華やかさに目を奪われた。

「なんて素敵な舞踏会なの……」

舞踏会というものを初めて見たので、その光景に驚いてしまう。

十六歳になると、貴族の令嬢は社交界にデビューする。王宮や貴族の館で開かれる舞踏会に足を運び、同年代の男女と交流し、将来の伴侶となる男性に見初められるのを待つのだ。

しかしながら、ユーリアが十六歳の頃は父の病が悪化していて、社交界デビューどころではなかった。母と共に父の看護に追われ、舞踏会などとは無縁の生活を送っていたのである。

初めて目にする舞踏会は、夢の世界のように映った。実際、ユーリアにとっては夢の世界と同じかもしれない。伯爵令嬢ではなくなり、財産も何もない自分は、こんな場所で踊ることは一生ないのだから……。

ため息をついたユーリアの目に、大広間に入ってきたヴィリーの姿が映った。自分が入ったところの一つ前にあった扉から入ってきたらしい。

(見つからなくてよかった)

ヴィリーに出くわす危険性がなくなったので、廊下を引き返して帰ろうとしたが……。

突然、大広間の中がざわめき、女性たちの甲高い声が響いた。

気になって振り向くと、ユーリアがいる部屋とは反対の方向にある大扉が開いていて、人々の視線が一斉にそこへ注がれている。

あちらに正面玄関から大広間に繋がるホールがあるようだ。

間もなくしてユーリアが見える範囲に、軍服を身に着けた金髪の青年が現れる。濃紺の軍服には金モールの飾りと勲章がついていて、金色の髪とともに煌《きら》めいていた。

(あの軍服は、少将《タイス》？)

ヴィリーが着ている臙脂の軍服は尉官で、緑は佐官、濃紺は将官である。

青年は確かに遠目でも目立つが、いかつい軍人という雰囲気ではなく、どちらかと言えば優雅で上品な印象を受ける。しかも、将官クラスにしては随分と若いのではないかしらと目を凝らして見てみたら……。

「あれは……！」

女性に囲まれたその顔には、見覚えがあった。

彼の名はエリアス・ゾーラ・ディステル。

ディステル侯爵家の嫡男である。

彼の顔を見るのはこれが二度目だ。一度目は幼い頃、母の実家であるバーロス侯爵家のガーデンパーティーだった。

母の実家とは疎遠で、その後父母の看護に追われたこともあり、侯爵家の人間が集うような場所に出ることがなかった。

向こうに見える彼は、昔と変わらず美しい顔に優しい笑みを浮かべ、大勢の女性に取り囲まれている。ダンスに誘われて踊り始めた彼は、軍人というよりも誰もが憧れる貴公子だ。

「ほう。エリアスは戦から戻ってきたのか」

ユーリアが隠れている近くから会話が聞こえてきた。

そっとうかがうと、長椅子に老人が二人腰かけている。一人はかなりの高齢で、白髪で杖を持っている。その隣にいるのも白髪混じりの初老の男性だ。

「ディステル侯爵家を継いでから、ずっと戦地に赴いていましたからね」

初老の男性が言いながらうなずいている。

「行く先々で勝利に貢献しているそうじゃのう」

「貴族管理院から侯爵家の跡継ぎと正式に認定されるには、それなりの功績をあげなければいけませんからね。特に彼のような人間は……」

初老の男性が腕を組んでエリアスに顔を向けている。

「そうですな。だがまあ、心配することもなかったようじゃ。ほれ、女たちも目ざとく群がっておる。廃嫡の危機に瀕した際は、蜘蛛《くも》の子を散らすように離れていったのにのう」

女性たちが集まっているところを杖で示した。

（廃嫡ですって？）

ユーリアは驚きながら老人たちの話に聞き耳を立てる。

「あの頃、貴族管理院の侯爵位認定委員がバーロス卿でしたからね」

「エリアスのような者に継がせるべきではない、ディステル侯爵家が終わってしまうと大騒ぎしておったわ」

呆れたように老人は溜息をついた。

「あれから、もう十年になりますかな」

（まさか……）

ユーリアはぎくりとした。

「だが十年後の今、終わってしまったのはバーロス侯爵家で、エリアスが継いだディステル侯爵家は残っている。皮肉なことじゃ」

「バーロス卿は跡継ぎの男子に恵まれませんでしたからね。相手の身分にかかわらず男子を何人も儲けておけばよかったのですよ」

「血筋を重んじるバーロス卿に、そのようなことは許せなかったのじゃろう。しかもあんな事件が起こってしまってはのう……」

老人は首を振る。

「誤解が解けるまで、エリアスを泥棒だと罵っていましたな」

「杖で何度も叩いていたそうじゃ」

という言葉が聞こえて、ユーリアは衝撃を受ける。

（やっぱり、あのときのことで……！）

自分のせいでエリアスは咎《とが》められ、認定委員のバーロス卿の不興を買い、廃嫡の危機にまで陥ってしまったのかもしれない。もしそうならば、大変なことだ。

「わたし、謝らなくては……」

大広間で優雅に踊るエリアスに目を向ける。

ピンク色のドレスを着た女性と踊っていて、シャンデリアの光に照らされた彼の周りは、眩《まぶ》しいほどに煌びやかだ。

そして、着飾った貴族の令嬢たちが、彼とダンスを踊ろうと順番を待っている。エリアスと話をするにはそこに行かなければならない。

今日は伯爵家のオークションに指輪を出すということで、唯一残してあった母の外出用のドレスを着用している。それなりに上等なものだが、大広間にいる女性が身に着けているどのドレスよりも、地味で古くさい。

だが、ここで怯《ひる》んではいけない。彼に謝罪するには今しかないのだ。伯爵家の人間ではなくなった自分に、彼と今後会える機会が訪れることは二度とないだろう。ここで謝罪しなければ後悔しそうである。

思い切って大広間の奥に向かって歩き始めた。ユーリアの姿に気づくと、何人かはじろじろと値踏みするような視線を向けてくる。

地味なドレス。リボンだけの髪飾り。装飾品はオークションで落札されなかった形見の指輪のみ。

初めは勇ましく歩いていたが、令嬢たちの集団に近づいていくにつれ、だんだん歩みが遅くなる。

彼女たちから向けられる視線が痛い。場違いな娘だ、という視線に感じた。

(あの頃も、こんな感じだったわ)

初めてエリアスと会った時も、彼はあんなふうに女性に囲まれていて、ユーリアは遠くから見ているだけだった。今も昔も立場が特に変わったわけではない。

もしかしたらユーリアのことを覚えていない可能性だってある。しかし、ユーリアとのことで陥った事態は忘れていないはずだ。老人たちの話があのことであれば、きっと覚えているだろう。彼女たちがいるところに行くのは気が進まないが、自分は謝らなくてはいけないのだ。

決心して足を速めようとしたところ、

「あ、失礼!」

どんっと背中に衝撃を感じた。

なにごとかとよろけながら振り向く。

「エ、エ、エリアスさま……っ！」

至近距離に美しいエリアスの顔があって驚愕した。

大広間をくるくると回りながら踊っていた彼が、いつの間にかこちらまで来ていて、ユーリアの背中とぶつかってしまったようである。

令嬢たちの集団に気を取られ、緊張していたせいで、彼が近くまで来ていたことに気づかなかった。

「後ろが見えていなかった。済まない」

よろけたユーリアの腕を摑み、エリアスが先に謝罪した。

「わ、わたしこそ、もっと端を歩くべきでした」

顔を上げてユーリアも謝る。すると、あっ、というふうにエリアスが目を見開いた。

数回目を瞬かせて、ユーリアの顔を凝視している。

（きゃ……っ！）

憧れのエリアスにじっと見つめられるのは、恥ずかしいものがある。しかし、視線を逸らすことができずに、そのまましばらく見つめ合ってしまった。

「エリアスさま？」

それまで一緒に踊っていた女性の声がして、エリアスは思い出したように振り向いた。

「うん。ちょうど曲が終わってしまったね。相手をありがとう。楽しかったよ」

にこやかに告げると、エリアスは女性に礼をした。

「あ、ありがとうございます。私も楽しかったわ。また踊ってくださいな」

ピンクのドレスを身に着けた女性は、頬を赤らめて挨拶を返す。しかし、エリアスの視線がユーリアに移動すると、女性は険しい表情になった。

エリアスの背中越しにこちらを軽く睨み、戻っていく。彼とのダンスをユーリアが途中で邪魔をした、と、怒っているようだ。

（そうよね。あんなに順番待ちをしているのに……）

奥にあるカーテンで仕切られた一角に、エリアスとのダンスを待つ令嬢が数人立っているのが見えた。

だが、早くどかなくてはと思うのに、エリアスは摑んでいる腕を放してはくれない。周囲も動かない二人に注目し始めた。

ユーリアは困惑して彼を見上げる。

「さて、次は君と踊ればいいのかな」

にっこりと笑ったエリアスから問いかけられる。

「あ、いえ、あのわたしは、あの、あの、ちがい……ます」

緊張で言葉が途切れてしまう。

「ん……？　もしかして順番待ちのお嬢さんではなかったのかな」

「は、はい、あの」

違いますと首を振りながら答えると、ペールオレンジのドレスを身に着けた女性がこちらに向かってくるのが見えた。

おそらく次にエリアスと踊る順番の女性だろう。エリアスも近づいてきた彼女に気づいたらしい。だが、彼は、

「ちょっと待ってほしい」

とその女性に断ると、ユーリアの方へ向きなおった。

「君と話がしたいんだ。よかったら踊っていただけませんか」

ユーリアの手を握り、腰を抱き寄せた。

「きゃっ！」

父親や昔いた家令以外の男性に、触れられたことがなかった。固まるユーリアの耳に、甲高い声が聞こえてくる。

「エリアスさま！　次はわたくしの番ですわ！」

近づいてきた女性が焦ったように告げた。他の女性も、横入りをしたとばかりにユーリアを睨みつけているように思える。

困惑していると、

「この方と話をしたいので、終わるまで待っていておくれ」

ウインクをしながらオレンジのドレスの女性に頼んだ。君だから頼めるのだよというような親しげな表情を向けている。ほんの少し微笑《ほほえ》んでウインクをしただけなのに、光の粉

がふりまかれたようにキラキラと煌めいているように感じた。

優美な笑顔を向けられた女性は、仕方がないわねと踵《きびす》を返し、戻っていく。

(……いいのかしら？　でもわたし、ダンスなんて……)

ユーリアも貴族の令嬢のたしなみとしてダンスはひととおり踊れるが、社交界デビューをしていないために、このような公の場所で踊ったことはなかった。

「さあ、踊ろう」

すうっとエリアスが動き出し、慌ててユーリアも足を踏み出す。

「あっ、ご、ごめんなさい！」

踊り始めてすぐに、エリアスの足を踏んでしまった。

(わたしったら！)

満足に踊れない自分が恥ずかしくて、真っ赤になってうつむく。昔のことを謝ろうと思ってきたのに、謝らなければならないことをさらに増やしてしまった。

自分を情けなく思っていると、

「ダンスは苦手かな？　強引に誘ってしまって、悪かっただろうか」

足を止めたエリアスから、心配げに問いかけられる。

「いえ、あの、こ、こういう場所で、踊ったことがなくて……」

目を伏せたまま答えた。どこかへ逃げてしまいたいほど恥ずかしい。

こんなに近くで彼と触れ合っていることも恥ずかしい。

そして、激しく緊張もしている。

「舞踏会は初めてということかな？　それで緊張しているのだね」

わかったとばかりにユーリアの腰を支えた。エリアスはゆっくりと足を運び、踊り始める。

（あ……）

抱き締めるように身体を支えられたため、彼と身体が密着して戸惑う。しかし、腰を支えられていると、緊張で震えている足でもなんとかついていけそうだ。少しずつステップに慣れてきて、しばらくするとなんとか踊れるようになってきた。

（わたし、ちゃんと踊っているわ！）

舞踏会で初めて踊っていることに感動する。

しかも相手は、誰もが憧れる軍人貴公子だ。音楽に合わせて、黄金色の光が溢れる大広間を、すいすいと優雅に踊っている。

（まるで夢のよう）

夢でも、ここまで理想的な場面を見るのは難しいかもしれない。エリアスの優しい心遣いと素晴らしいリードのおかげだ。

順番待ちの女性たちが、悔しげな視線を送っているのがたまに目に入る。いけないと思うのだけれど、優越感を覚えてしまう。

彼女たちには申し訳ないが、自分にとって舞踏会で踊るのは、これが最初で最後になるはずだ。

（ごめんなさい……少しだけ大目に見てください）

心の中で謝罪しながら、エリアスとのダンスに陶酔《とうすい》する。

「上手に踊れるようになったね。初めてと言っていたけれど、筋がいいようだ」

エリアスが褒めてくれた。

「あ、ありがとう、ございます」

誰にでも優しい彼の社交辞令だというのはわかっているが、褒められるのは嬉しいものがある。

「こんなに楽しい時間を過ごせるなんて、戦場から戻ってきた甲斐があった」

「帰っていらしたばかりなのね。お疲れさまです」

ユーリアたちの国は、複数の国に取り囲まれている。国境をめぐる争いは絶えず、いつもどこかで土地の奪い合いをしていた。

大きな争いに発展したり国内に被害が及んだりすることはないが、気の抜けない状態がずっと続いている。

ユーリアが労いの言葉をかけると、

「でも、どちらかといえば、戦場よりこういった場所の方が疲れるかもしれない」

苦笑しながら返された。

「まあ、そうなの？」

「ここ数年は、戦地にいる方が長いからね。でも、侯爵家の人間としての仕事は戦地以外にもあるから、戻らないわけにはいかない」

「どのようなお仕事を？」

伯爵令嬢だったとはいえ、ユーリアにとって侯爵家は雲の上のような存在だ。普段のエリアスの過ごし方が気になって、思わず率直に聞いてしまう。

「王都《ここ》で軍の中枢の仕事をすることとか、貴族同士の付き合いとか……あとは、まあ、侯爵家のために結婚したりすることとかな」

エリアスは優しげに眼を細めて、答えてくれた。

「ご結婚なさるのですか。おめでとうございます」

既にエリアスに結婚相手が決まっていることを知り、心の中で少し落胆した。

（でも、当然のことよね。それに今のわたしは侯爵さまと結婚できる身分ではないから、がっかりする資格もないわ）

こんなに素敵な人と結婚するのは、どこの令嬢なのだろう。先ほど親しげな笑顔を向けたオレンジのドレスの女性だろうか、と思っていたが……。

「それが、結婚を申し込みたいと思っていた相手がいなくなってしまっていてね。急に行方不明になり、今彼女がどこにいるかもわからないんだ……」

困ったように首を振った。

「そう……それは残念ですね」

「ああ、とても残念だ。だが、君と出会えたから、今宵《こよい》は神に感謝をしているよ」

驚いて顔を上げると、至近距離にある美しい笑みを浮かべた彼と目が合って、ドキッとした。

「えっ？　わ、わたし？」

「君を見た瞬間、一緒に踊ってほしいと思った。こんなことは初めてだ」

「そ、そう」

お世辞だとしても、嬉しかった。ユーリアも、最初で最後の舞踏会でのダンスの相手が、エリアスのような素敵な男性でよかったと思う。

「私はエリアス・ゾーラ・ディステルだ。第一王師団に所属している」

自己紹介をされた。

「あの……申し遅れましたが、わたくし、ユーリア・ザーラ・ルバルトと申します。もしかしたら覚えていらっしゃらないかもしれませんが、エリアスさまに謝りたいことがございまして……」

ユーリアがそう切り出した途端、エリアスは足を止めて目を見開いた。

「ルバルト？　ユーリア・ザーラ・ルバルト……？　先ごろご両親を亡くしたルバルト伯爵家の？」

確認するように問い返される。

「は、はい」

やはり彼は自分を知っていた。恨んでいるからなのかと不安になりながらうなずいたのだが……。

「君が、そうか、君が！」

ユーリアに顔を近づけて、エリアスは嬉しそうに顔を綻《ほころ》ばせた。そして床に片膝をつくと、ユーリアの右手を両手で恭《うやうや》しく取った。

「あ……っ！」

甲にくちづけをされてしまう。

「会えて光栄です。ユーリア・ザーラ・ルバルト嬢」

「えっ……？」

幼い頃に会った時にはちゃんと名乗ることができなかったのだが、彼は自分の名前を知っていたのだろうか。

「あ、あの、わ、わたしの名を、知って……いたの？」

「もちろんだよ。君のことはずっと思っていた。こんなところで会えるとは、奇跡のような幸運だ」

（ずっと思っていた？）

では彼は、幼い頃の出会いを覚えていたということになる。ならばなおさら謝らないわけにはいかない。

「あの時はごめんなさい……！　わたし、ずっと謝りたくて……」

「謝る？　君は私に謝るようなことは何もしていないよ。むしろ、こうして出会うことができて、感謝しているくらいだ」

エリアスが不思議そうな顔をして答えた。昔のことは全く気にしていなかったらしいとわかり、ユーリアはほっとする。

だが、それもつかの間、エリアスが大胆に距離を詰《つ》めてきて息を呑《の》んだ。表情も先ほどまでの柔らかな笑顔ではない。まるで獲物を見つけた獣のような雰囲気だ。

ユーリアの肩と腰に手を回したかと思うと、そのまま力強く抱きしめてくる。

「今夜は君を離さない」

耳元で囁《ささや》かれて、どきっとした。

「え……？　あの」

今夜はずっと一緒に踊ろうと言うのだろうか。

だが、すぐそこに順番待ちの女性がいるのだ。エリアスが到着する前から待っていたに違いない。

彼女たちにもエリアスの言葉が聞こえたらしい。

「次はわたくしの番ですわ！」

オレンジのドレスを着た女性が焦ったように声を上げる。

「その次はわたくしよ！」

彼女の隣にいた女性も続いて訴えた。女性たちの言葉を聞いたエリアスは、苦笑しながら首を振る。

「私はもう、ユーリア・ザーラ・ルバルト嬢以外の女性と踊る気はないんだ」

ユーリアの肩を抱いて宣言してしまう。

「なんですって……？」

女性たちの顔が一斉に引き攣《つ》った。

「済まないが、君たちは他の相手を見つけてくれ」

彼女たちの反応など意に介さぬように告げると、再びユーリアの手を取る。

「あ、あの方たち、待っていらしたのよ？」

ダンスを再開しようとしているエリアスに訴えた。

皆が憧れるエリアスから特別な存在として扱われるのは、自尊心や乙女心をとてもくすぐられる。だが、単純には喜べない。

彼女たちと踊らないということは、彼女たちの気持ちを踏みにじることに繋がるのだ。

（それに……わたしは）

なによりも大きな問題があった。現在の自分は、ザーラ・ルバルトという伯爵令嬢ではないのである。単なるラ・ルバルトだ。もう会うことのない相手だからと、少し見栄を張って昔の名を告げてしまっていた。

「彼女たちが待っていたのはほんの十数分だ。私は彼女たちの何百倍の時間、君を待っていたのだよ」

微笑みながらエリアスはステップを踏み出し、困惑顔のユーリアとダンスを再開してしまう。

「待つって？　わたしを？」

彼の言葉に首をかしげながら、ユーリアもステップを踏む。

「もちろん。君だけを待っていた。会える日を夢見ていた。いつか絶対に、君と結婚しようと決めていたんだ」

エリアスから発せられる言葉は、ユーリアをどんどん混乱に陥れる。

「まさか……先ほど言っていた行方不明の結婚相手とは、わたしのこと？」

「そうだよ。君が私の相手であったことに、とても感動している」

「でも、あ、あなたとは……結婚を前提とするようなお付き合いをしたことはないわ。わたしの顔すら知らなかったのでしょう？」

付き合うどころか知人としての交流もない。八歳の頃に会ったあと、エリアスとは手紙のやり取りすらしたことがなかったのである。

「昔から名前を知っていたよ。生まれた頃の顔も知っている。でも、大人になった君の顔を知らなかった」

「大人になった、わたし？」

ユーリアが問い返した言葉に、エリアスはうなずいた。八歳のユーリアは覚えていても、今のユーリアの顔を知らなかった、ということらしい。

「君の顔は、最近の肖像画がひとつもなくて、知る術《すべ》がなかったんだ」

気づかなくて申し訳ないと謝罪した。

「それにしても、一度も、連絡をくださってはいないでしょう？」

あまりに不自然な話に首をかしげる。

「それは……。結婚に釣り合う人間になってから、申し込もうと思っていた」

揃ったまつげを持つ瞼《まぶた》を伏せ、済まなそうに答えた。

「釣り合う？」

自分は伯爵家の娘である。身分は侯爵であるエリアスの方がずっと上位にいるのだ。

「三年前に父が亡くなって跡を継いだが、軍役《ぐんえき》に就いて功績を認められないと、結婚などできないからね」

エリアスは握っていたユーリアの手を離し、胸についている階級章を示した。

「先月末に北方で起きた戦いに勝利し、功績が認められてタイスの位を授かった。これなら君に恥じることなく求婚できるし、誰からも同意してもらえるだろう」

ユーリアや世間に対して、軍人としての働きを満足にできないうちに結婚したくなかったということだ。

彼の言葉に納得するとともに、エリアスがタイスの位を得ている事実に驚く。彼はユーリアより七歳か八歳年上なので、まだ二十五歳くらいの年齢なのだ。

貴族の男子は、十八歳で成人すると二年間の軍役を課せられる。戦地で初歩的な軍役に就き、終了すると中級の位を得て王都に戻るのが通例だ。

身分や働きによっては上級の位を与えられるが、侯爵家が得られる最高位であるタイスになるのは、かなりの経験と実績を積まなければならないことくらい、ユーリアにもわかる。

「努力家なのですね。尊敬いたします」

侯爵家という恵まれた生まれに満足するのではなく、軍でも最高の地位を目指すなんて、そうそうできることではない。彼はとても向上心のある人なのだろう。

ユーリアが素直に感嘆の言葉を告げると、エリアスは苦笑して謙遜《けんそん》しながら緩く首を振る。

「王都からタイスを授与されると連絡があり、戦地から戻った。陛下からこれを授与されたあと、すぐにルバルト伯爵邸へと赴いたんだが……」

そこまで言うと壁際に寄って踊る足を止め、エリアスは綺麗な額に皺を寄せてユーリアを見つめた。

「ルバルト伯爵夫妻は亡くなっていて、屋敷は人手に渡った後だった。そして君の行方は不明で……」

手と腰に触れている彼の手に、ぎゅっと力が込められる。

「エリアスさま……」

顔が彼の肩に埋もれてしまう。

「貴族管理院で、君が伯爵家の跡継ぎと認められず、領地も没収されたと知った時は、心配で堪《たま》らなかったよ」

悲しげな声で告げられた。

彼の告げた内容は、ユーリアについて事前に調べなければ知るはずのないことだ。

エリアスの自分に対する思いに驚くけれど、長年思ってくれていたことには嬉しさを感じる。そして、切なげに語る彼の声には、心が揺れるものがあった。

「先々代のルバルト伯爵が建てた修道院にいると聞いて、今日の昼に向かったが、君は不在だった。行先はわからないと言われて途方に暮れた。よもやここにいるとは……」

偶然の出会いが夢のようだ、とユーリアを抱き締める。

「あの……エリ……ア……」

エリアスにもっと聞いてみなくてはと思った。だが、強く抱きしめられていて、声がうまく出せない。

胸も苦しい。

（あ……ら？）

身体からすうっと力が抜けてきた。

目の前がチカチカする。

まるで身体から血が抜けていくような感じだ。

（そういえば……）

朝からろくに食べていなかった。

馬車代がないので修道院からここまで歩いてきており、その上ダンスを踊ったことで疲労困憊している。

「ん？　どうしたのかな？」

身体の力が抜けたことに気づいたエリアスが首をかしげた。

「力が……抜けて……」

答えた途端、ユーリアのお腹《なか》がぐうっと鳴ってしまう。

（きゃあぁっ！）

それほど大きな音ではないが、彼には聞こえてしまったようだ。

「もしかして、空腹ですか？」

それで力が抜けたのかと問われるが、ユーリアは羞恥で答えることができない。顔から火が出そうだ。

「あ……」

しかも、ユーリアの目に映っていた彼の美しい顔や金色の髪が、急速に遠ざかっていく。

ザアーッと砂嵐のような音が頭の中で響いた。

今はとても大切な場面なのに、意識を保っていられない。

エリアスが何か言っているみたいだが、聞こえない。

そのうち何も見えなくなり、ユーリアの意識は闇の中に堕ちていった。

2

とろりとしたものが口の中に入り、少し酸味のある甘さが口腔に広がった。無意識にそれを呑み込むと、ガタガタという音が耳に入る。

（あら？）

重い瞼を持ち上げてみた。すると、柔らかなランプの灯りに照らされた豪奢な房飾りと、たっぷりとドレープが寄せられた光沢のある布地が目に入る。

（いったいここは？）

ぼうっとしながら視線を巡らせた。

天井は低く、左右に壁が迫っている。身体の下から震動が伝わってきていて、車輪が発するような音がしていた。

どうやら馬車の中らしい、と、思った時、ユーリアの視界に煌めく金色の髪が映る。

半開きだった目を見開くと、自分の顔を覗き込む美麗な青年と目が合った。

「エ、エリアスさま……！」

至近距離にある彼の顔に驚くとともに、少し前の記憶が甦る。自分はヴィリーの屋敷でエリアスと再会し、ダンスを踊ったのだ。

そして……。

(空腹で意識を失ってしまった？　やだ。恥ずかしい)

思い出して頬を紅潮させた。

「ああ、よかった。目覚めてくれた」

エリアスは嬉しそうに微笑んでいる。

「あの、わたし……」

「君は私とのダンス中に、倒れてしまったんだよ」

「……そうなのですね。ごめんなさい、ご迷惑をおかけしてしまって……。でも、それでなぜ馬車に？」

「私の屋敷に向かっている。着いたら食事にするから、それまではこれを飲んでいてくれ」

エリアスは持っていた銀色の杯《さかずき》に口をつけた。杯の中のものを口に含むと、ユーリアの顎を持ち上げる。

「あの……あ、んん……っ！」

唇を重ね、驚くユーリアの口腔に甘い液体を流し込んだ。

先ほど覚醒する時に感じたのと同じ甘さが、口の中にじんわりと広がる。甘酸っぱいそれは、蜂蜜と果汁を混ぜたもののようで、とても美味《おい》しい。

空腹の身体にしみわたる。しかし、口移しという行為に大きな衝撃を受けていて、味わう余裕などない。

「ど、どうして、こんなこと……！」

慌てて唇を離し、困惑しながらエリアスを見上げた。

「君が気を失っていて、自力で飲めそうになかったからだけど？」

悪びれる様子もなく、笑顔でエリアスが答える。

「そ、それは、そうだけど、でも今は自分で飲めます。く、口移しなんて、困るわ」

口移しという行為と、彼の美麗な笑顔が近くにあるという二重の恥ずかしさに、うつむいて横を向いた。

「馬車の中は結構揺れるよ。目覚めたばかりで力が入らず、杯を落としたりこぼしたりしたら大変だ」

大きな手が後ろから出てきてユーリアの頬に当てられる。そのままエリアスの方へと顔を向かされると、

「あ、んんっ……う……」

再び唇を重ねられ、液体を流し込まれた。しかも、口腔に溜まったそれを嚥下《えんか》しても、エリアスの唇は密着したままだ。

彼の舌がユーリアの歯列をなぞっている。少し開いたところから口腔へと侵入してきて、戸惑い固まるユーリアの舌と触れ合った。

びくっとして彼から離れようとしたけれど、後ろから顔を押さえられているために動け

ない。

舌を絡められ、軽く吸われたりすると、ぞくぞくするような感覚が背中を駆け上がった。

(わたし……エリアスさまと、キスをしている)

頭の中ではっきり言葉にすると、不思議な高揚感がやってきた。こんな行為を簡単に受け入れてはいけないのに、気持ちがよくて強く拒否できない。

エリアスの唇や舌は魔法のようだった。ずっと触れ合ったままでいたいと思うほどよくて、うっとりしてしまう。

(これ、夢かしら?)

エリアスにキスをされ続けている自分が信じられない。こんなことが実際に起こるわけがないのだ。これはエリアスへの淡い想いが見せる夢に違いない。

だがその時、馬車が段差を乗り越えたのか、ガタンッという音とともに衝撃を受ける。

「きゃっ!」

下から突き上げる揺れで唇が離れ、ユーリアははっと我に返った。

(夢ではないわ!)

「エリアスさま、あの、おふざけは、やめてください……こ、こういうことは、困ります」

胸をドキドキさせながら訴えると、エリアスから当然という表情で返される。

「ふざけてなどいないよ。この程度のキスは愛し合う者同士の挨拶と同じだ」

「愛し？　合うって……わたしとエリアスさまが？」

聞き間違いだろうかと思いながら問い返す。

「君とは夫婦になるのだから、愛し合うのは当り前では？」

確かに先程、ヴィリーの屋敷で求婚されている。だが、突然すぎたため、からかわれているのかもしれないと半分は本気にしていなかった。

「わたしまだお返事をしていないわ」

上級貴族の中でも名門と言われるディステル侯爵の妻になど、伯爵家出身の自分がなれるわけがない。しかも今は伯爵家令嬢でもないのだ。

「私の腕に身体を委ねてくれたのは、承諾してくれたからだよね？」

「あ、あれは、そういう意味では……」

頬を赤らめて首を振った。

あの時嫌がることなく彼に抱きしめられていたのは事実だが、そのあと意識を失ってしまったこともあり、断る機会を逸していたのである。

もちろん、憧れのエリアスに甘く求婚されて、嬉しさを感じてはいたけれど……。

「では、私の求婚は受け入れてもらえていないのか」

少し低い声で問われた。

「ごめんなさい。わたしは、母の埋葬をしなければならないの。それに……ルバルト伯爵家を継げなかったから、今のわたしは下級貴族の身分よ。エリアスさまと結婚できる立場ではないわ」

　それこそ自分の方が釣り合わないのだと訴える。

「それが求婚を断る理由だと？」

　エリアスは怪訝《けげん》な表情でユーリアに質問した。

「え、ええ……」

　こくりとうなずく。

「埋葬などすぐにできるし、君は元々伯爵家の令嬢だ。貴族管理院に身分回復を申請すれば許可してもらえるだろう」

　ユーリアが訴えた内容は断る理由にはならないと一蹴された。

「あの……実は……。私の家にはもう……お金がないの。お母さまの埋葬は領地に戻ればなんとかなりそうだけれど、身分回復までは無理だわ」

　申請にかかる費用は、埋葬費よりもずっと高額なのである。

（こんなことをエリアスさまに言わなければならないなんて……）

　憧れの貴公子に、貧乏で身分も下げられてしまった自分を知られるのは辛い。でも、きちんと言わなければ納得してもらえそうにない。

　ユーリアの答えを聞いたエリアスは、なるほど、とうなずいた。

「何も心配はいらないよ。君の母上の埋葬は私に任せてくれ」

「エリアスさまが私の母の埋葬を？」

「身分の回復についても、貴族管理院に私が申請して君が伯爵家を継げるように働きかけよう。万が一回復が叶わなくても、今の身分で私の妻になれるように届けを出すから大丈夫だ」

身分回復の申請費用も用立ててくれると言う。

「これなら安心して私と結婚できるね？」

「あ、あの……そんなことをあなたに頼むわけにはいかないわ」

首を振って断る。

「遠慮はいらない。お母上の埋葬はすぐに手配しよう。伯爵家の墓地の整備もした方がいいね。それも任せてくれ。身分のことも、必ずいい結果になるよう働きかける。その他にも希望があれば何でも言ってくれ、私の力が及ぶことならなんでもしよう。君が住みやすいように屋敷の改築もしなければならないね。どんなふうにしようか。希望はある？」

優しげな口調でエリアスがどんどん話を進めていくので、ユーリアは戸惑ってしまう。

「あの、ま、待ってください」

慌てて彼を止める。

「なに？」

「まだ承諾したわけではありません。なぜそれほど、わたしと結婚したいの？　それに、わたしにばかり条件がよくて不公平だわ」

自分の身体以外ユーリアは何も持っていないのだ。これではまるで、エリアスの財産目当てのような結婚である。

ユーリアからの質問に、エリアスは軽く片眉を上げた。

「君の存在を知った時から、ずっと妻にしたいと思っていた。だから、私と結婚してくれるだけで満足なんだよ」

ユーリアのためならどれだけお金を使っても惜しくないと笑う。

（わたしを知った時から？……あの時からわたしを？）

エリアスとの出会いを思い出し、胸に迫るものを感じる。

二人が出会った当時、ユーリアはエリアスにときめいたが、彼も同じだったのだ。成長したユーリアの顔はわからなくても、あの時のことは覚えていてくれたのである。

忘れかけていた初恋の思い出が甦り、感動を覚えたが……。

「でも……」

しかしその時、エリアスが馬車の棚からビロードの箱を取り出した。蓋《ふた》を開けて目の前に差し出されたので、それに意識を奪われる。

「これは……？」

「結婚を承諾した証として、受け取ってほしい」

中には大きなロゼル・ライトが嵌《は》め込まれた首飾りが入っていた。

（なんて綺麗な……）

紫色にバラ色が混在するロゼル・ライトは、この国のはるか北方にある山岳地帯でしか採れない宝石である。採掘場所は危険な岩壁にあり、しかもめったに発見されない極めて希少なものだ。小指大のものでも屋敷がひとつ買えてしまうほどの価値がある。

ユーリアの目の前にあるロゼル・ライトは、親指よりもずっと大きい。

石の周りは金やダイヤモンドで美しく装飾されていて、見るからに高価そうな首飾りに仕立てられていた。

「我がディステル侯爵家に伝わる首飾りだよ。侯爵夫人となる女性に代々贈られてきたもので、君にも絶対に似合うと思っている」

「こ、こんな高価な首飾り、受け取れません。それに、まだ妻になることを承諾してはいないわ」

恐縮しながら否定の言葉を告げる。すると、それまで作り物のように浮かべていたエリアスの笑顔が強張った。

「なぜだ？　君が断る理由はどれも解決しているよね？」

悲痛な表情を向けて問われる。

「それは、あの……結婚できない理由はあれだけではないわ。とにかく、侯爵夫人なんてわたしには荷が重すぎます。エリアスさまの妻にはなれません」

ここはきちんと断らなくてはいけないと思い、はっきりと告げた。

貴族の中にも当然のことながら身分差がある。侯爵以上の貴族と伯爵以下では、大きな隔たりがあった。

伯爵家以下の娘が侯爵以上の家へ嫁ぐのはとても大変なことで、身分差に苦労するのは目に見えている。

侯爵夫人が務まる自信など、ユーリアにはない。

「君なら大丈夫だよ。それに、何があっても私が守る。苦労などさせない」

「でも……やはり無理です」

できないと首を振る。

「そうか……」

頑《かたく》なに断るユーリアを見て、エリアスは残念そうに息を吐いた。

「まあ、こんなに大切な話を、馬車の中でするべきではなかったね。どうやら私は、少し急ぎ過ぎたようだ。済まない。焦ってしまっていた。結婚についてはあとでゆっくり話しをしよう」

「え？　ええ……」

どこでいつ話をしても、承諾することはないと思うが、馬車の中でいつまでも問答しているわけにもいかないので、ユーリアはエリアスの提案にうなずいた。

「ああでも、首飾りは着けてみてくれないか？」

気づいたようにエリアスが問いかける。

「私の妻になるかどうか考えてくれているという証拠として……」

「考える証拠？」

変なことを言うと首をかしげた。

「いや、あの、君がこれを着ける日を、長年楽しみにしていたんだ。もし断るにしても、これを身に着けた姿を見せてくれると嬉しい。可愛《かわい》い君にとても似合うはずだよ」

(可愛い……)

ここまで熱烈に迫られると、悪い気はしない。

「一度だけでいい」

切なげな目で懇願された。

少し芝居がかっているように感じたけれど、ユーリアにとって求婚されるのは初めてのことである。しかも相手は知らぬ人ではなく、幼い頃に憧れた相手だ。彼からのお願いを無下に断ることはできない。

「……つけるだけなら……」

つい、わかったとうなずいてしまった。

「ありがとう。嬉しいよ。さあ、どうぞ」

首飾りの入ったビロードの箱を差し出される。ロゼル・ライトのペンダントが、箱の中でミステリアスに煌めいていた。

「え、ええ……」

これから舞踏会に行くわけでも誰かと会うわけでもないので、馬車の中で豪華な首飾りをすることに違和感を覚える。だが、これを着けることでエリアスが納得するのならと、手に取った。

見た目よりも重い。

ユーリアには身分不相応にしか見えない大きくて豪奢なロゼル・ライトの首飾りには、可愛らしさと重厚さが混在する不思議な雰囲気があった。

（本当に高価そうだわ）

ゆっくりと自分の首元へと近づける。

ユーリアの動きを、エリアスは固唾《かたず》を飲んだように見守っていた。どうしてそこまでこの首飾りをつけさせたいのか不思議に思いながら、後ろに手を回す。

カチッという音を響かせて、ユーリアは首飾りの留め具を嵌めた。

「え……っ！」

瞬間。

ドクンッと心臓が大きく脈打った。

ぐらりと視界が揺れ、思わずエリアスの腕を摑んでしまう。

「とても似合っているね。素晴らしい。まるで誂えたようだ。この石がここまで似合う女性は他にいないね」

ふらつくユーリアを支えながら、エリアスは感嘆の言葉を続けざまに発する。

「そして……これで君は、私の妻だ」

嬉しいよと微笑む。

「え……？」

首飾りを着けただけだ。まだ妻になることを承諾したわけではない。何かを企んでいるような笑顔のエリアスに抗議をしようとしたところ……。

「あ……」

なぜか否定の言葉を発することができなかった。

しかも、身体が重くて動かしにくい。

「結婚承諾書は用意してある。あとは君のサインがあればいい」

馬車に備え付けの文箱《ふばこ》からペンを取り出し、螺鈿《らでん》で模様づけされた箱の上に承諾書を置いた。承諾書にはすでにエリアスのサインが入っている。

（あとにしようって……言っていたのに……）

サインなどできないわと思っているのに、ユーリアの手が自然に持ち上がった。携帯用のインクがついたペンを握り、承諾書に自分の名前を書き込んでいっている。

（なぜ？　なぜ勝手に書いてしまうの！）

見開いたユーリアの目の前で、名前を書き終えた手がペンを置いた。

「これを貴族管理院に提出すれば、君と私との結婚は成立する。よかったね」

満面の笑みを向けられる。

「……っ！」

驚いたまま固まるユーリアを見て、エリアスは笑顔を曇らせた。

「返事を聞かせてくれ。私との結婚を君も喜んでくれているよね？」

まっすぐに目を見つめて問いかけられる。

（こ、こんなの、喜べないわ！）

心の中で反論した。だが……。

「はい、とても嬉しいです」

ユーリアの口から勝手に同意の言葉が飛び出た。

（どうしてなの！）

「少し汗ばんでいるね」

胸の上部にエリアスの手が当てられる。

「馬車の中は暑いかな。脱いでみようか」

胸に置いた手でペンダントのロゼル・ライトを撫でながら言われた。

「はい……」

よくないと思っているのに、また意思とは反対の言葉を発してしまう。言葉だけでなく、行動もだった。

ユーリアの手はドレスの胸元についているリボンを解《ほど》き、ホックを外している。ドレスの上部が開くと、今度はエリアスの手で上部を腰の辺りまで下ろされた。

続いてコルセットの紐が解かれる。意思に反して動く自分の手とエリアスの手により、どんどん脱がされていく。

(ああ。いや、だめよ)

縛《いまし》めを失ったコルセットは腰に落ち、ユーリアの胸が露わになった。

(きゃああっ!)

コルセットから飛び出した乳房が乳首と一緒に揺れている。恥ずかしすぎる光景に心の中で悲鳴を上げるが、やはり口には出せない。それどころか、

「馬車の灯りは暗い。もっと突き出して見せてくれないか」

というエリアスの依頼に応《こた》えて、ユーリアは胸を張るように乳房を突き出してしまう。

「素敵な乳房だ。これも可愛らしい」

人差し指で乳首をつんっと押された。

「あぁっ」

甘い刺激が伝わり、声を上げてしまう。

「柔らかいね。こうすると、どうかな」

楽しげな声で、エリアスが乳首に触れていた指先を回す。

「は、はぁ、あぁっ、んっ」

更なる甘い刺激が発生し、喘ぎ声を発してしまった。

「硬くなってきたよ。感じている?」

(感じているなんて、そんなこと、ないわ!)

本当に感じていたとしても、そのことを男性に告げるたりすることは、乙女にできるこ

とではない。だけど、

「ん、ふっ、か、感じる……わ」

口は素直に身体の状況を答えてしまう。

「感じる姿も可愛らしくて魅力的だ。ここ、味わわせてもらっていいかな」

（味わう？）

問いかけに心の中では首をかしげるが、現実の身体はうなずいてしまっている。

エリアスは座ったまま前屈みになり、ユーリアの乳首に顔を近づけた。

「はぁんっ！」

彼の唇が乳首に吸い付き、もたらされた刺激に、悦《よろこ》ぶような声を上げてしまう。

「うん。美味しい。感じて硬くしているところも可愛いね。こうすると、どうかな？」

刺激を受けて勃起した乳首を、今度は軽く歯で挟まれる。

自分の乳首が男性の歯の間に挟まっている光景を目《ま》の当たりにし、とんでもなく恥ずかしく思う。

卒倒してしまいそうなことなのに、

「ああ、あ、か、感じ……る……」

ユーリアの口からは、はしたない言葉が勝手に出ていく。

（だめ……そんなことをしたら！　ああでも……）

口から発せられる言葉通り、淫らな感覚に翻弄されていた。

勃起した敏感な乳首をエリアスの歯に挟まれ、軽く扱かれるようにされたら、痺れるような快感が駆け上がってくる。

ユーリアに性的な経験はまったくない。貴族の令嬢としての心得書で、結婚についての知識を持っているだけだ。

心身ともに初心《うぶ》な乙女にとって、この刺激は強すぎるし淫らすぎる。どう対処していいのかわからない。

その上、なぜか身体がエリアスの言いなりになってしまう。

「こっちも可愛がってあげるね」

咥えていないほうの乳首を摘まみ、軽く捩《よじ》られた。そこから発生したのは、痺れるような官能的な熱だ。

「あんっ、あぁぁっ」

吸ったり扱かれたり捩られたり、乳首に与えられる刺激は、ユーリアの初心な身体を快感で支配するに十分だった。

「はぁ、ああ、そんなに……したら……」

だめという否定の言葉は言うことができない。

「ん？　こうしたら？」

「か、感じて……どうしていいか……わからな……」

「わからなくていいよ。私に任せれば大丈夫だ。そろそろ次にいこうか」

（次？）

何を、と思っていると、ドレスのスカートが捲り上げられた。

（き、きゃあああっ！）

パニエも一緒に上げられて、ドロワと膝上までの靴下を穿《は》いた足が露わにされてしまう。

本来ならば悲鳴を上げて逃げるはずなのに、そういう声を発することも、逃げるために身体を動かすこともできない。

「足も綺麗だね。こんなに綺麗で可愛いとは、予想外の幸運だ」

予想外の幸運というのは不可解だが、そのことについて聞く余裕はない。エリアスの手がドロワにかかっているのが見えて、更に驚愕する。

（まさか！　だめっ！）

これ以上のことは許すわけにはいかないと思うのに……。

「腰を上げて」

エリアスから命じられると、身体が素直にそれに従ってしまう。紐を緩められたドロワは、少し浮かせたユーリアの腰から離れ、爪先に向かって下ろされていく。

スカートを捲られた脚は、ガーターベルトと靴下だけという姿にされた。

「本当に綺麗で可愛い」

馬車の床に腰を下ろしているエリアスは、ユーリアの太腿《ふともも》に手を乗せると、嬉しそうに撫で擦った。

「エリアスさま……もう……」

やめてくださいという言葉は続かない。

「こんなに素敵な妻《めと》を娶れるとは、幸せすぎて恐いぐらいだ」

うっとりとした表情でつぶやくと、撫でていた太腿に頬ずりをした。ユーリアの足のすべてを確かめるように、手のひらで全体を撫でている。

「あ……うっ……」

撫でられるくすぐったさに身体を捩ったら、

「駄目だよ。逃がさない」

逃げようとした足を引き戻された。両足まとめて抱き締められる。彼は再び大腿に頬ずりをし、撫でた。

（なぜ、そんなにも？）

エリアスの異様な行動に、羞恥に苛《さいな》まれながら困惑する。しばらくすると、名残惜しそうに顔を上げ、

「この気持ちのいい足をもっと楽しみたいけれど、ゆっくりはしていられない」

ユーリアの両膝を大きな手のひらで摑む。

（う、うそ、いやあっ！）

膝を開こうとしていた。

この状態で開かれたら、乙女の秘められた場所が見えてしまう。馬車の中は薄暗いとは

いえ、四隅に灯されたランプの灯りはそれなりに明るい。

（そこだけは絶対にだめ！）

エリアスの行動を阻止しようと足に力を込める。しかし、抵抗しようとしても身体が言うことを聞いてくれない。

「少し力が入っているね。私に抗おうとしているのかな」

軽く首をかしげてユーリアを見上げた。エリアスの緑色の瞳に妖しい光が揺れている。

なぜかその光が恐くて、強く目を閉じた。

「やはりそうか。身体は従っていても心はまだのようだね。ここは暗いし身体を繋げるまでは術の効きも薄いようだ」

（術？　か、身体を繋げる？）

驚いて目を開くと、薄く笑みを浮かべたエリアスの顔が見える。

「君はもう私のものだ。抵抗は無駄だよ。さあ、私のために足を開きなさい」

ユーリアを見つめて命じた。

（できないわ！　……ああっ！）

頭の中では拒絶するけれど、ユーリアの膝はどんどん離れていく。ドレスのスカートとパニエのせいでユーリアからは自分の秘部は見えないが、目の前で馬車の床に腰を下ろしているエリアスには、はっきりと見えているだろう。

羞恥で頭の中が灼《や》き切れてしまいそうだ。なのに、逃げることも拒否することも、そして泣くことさえもできない。

（なぜこんなことに……）

羞恥と混乱で頭の中がぐちゃぐちゃだ。

「薄桃色でここも綺麗だね。やはり君は、調査書の通り無垢な乙女のようだ」

「ちょ……さ……しょ？」

「戦地から王都に戻ったら、すぐに君を妻にしようと思っていたから、身上も調べさせていた。まあ、もし他の男の手垢がついていたとしても、構わないのだけれどね」

両膝裏に手を添える。

「膝を上げてもっとよく見せてくれ」

追い打ちをかけるような恥ずかしい命令が聞こえた。

「う……」

膝が上がり、足がM字の形になる。

箱入りの伯爵令嬢として、慎ましやかに暮らしていたユーリアにとって、我慢ならない姿だ。

（もうやめて！）

心の中で叫び、なんとかこの状況から脱したいともがくが、身体は彼の命令に支配され、言いなりになってしまう。

どうしようもなくて目を閉じ、唇を噛み締める。

そんなユーリアの耳に、

「美味しそうだ」

不可解な言葉が聞こえてきたと思った瞬間。ぬるり、とした感覚が乙女の大切な場所から発生する。

「あ、はっ、あぁっ」

驚いて見開いたユーリアの目に、金色の髪が映った。

（そこは！）

エリアスの頭が足の付け根にある。あの場所にある温かくて濡れたものといったら、彼の舌しか考えられない。

まさかと思うけれど、彼の頭の動きと秘部を舐《な》められているような感覚がシンクロしていた。

そのようなところを舐められるのは初めての経験だ。

「はふ、う、な、舐め……」

舐めないでという拒否の言葉は発することができない。

「う、ううっ、んんっ」

会陰部をなぞるように舌が移動すると、乳首を弄ばれるよりも強い快感が背中を駆け上がった。

「う、あっ、あんっ、か、感じるっ！」

堪らず声を発してしまう。

「うん。舐めただけで君の可愛い花びらは、ぐっしょりと濡れているよ。とても感度がいいね」

ちゅるっと露をすするように濡れた秘唇にキスをする。

「ああ……そんなに、すると……はぁぁんっ」

強い快感がもたらされ、蜜壺から露が滲み出るのを感じた。

「いい反応だ。この奥もたっぷり味わいたいが……せっかくの無垢な身体だ。初めて挿れるのは、私自身にするよ」

嬉しそうな声と衣擦れの音が聞こえる。続いて、温かくて硬さのあるものがユーリアの秘部に触れた。

(なに？　これはなんなの？)

秘唇を押し開き、身体の中に入り始める。

「あ、ああっ！　い……たあ……っ！」

身体を引き裂くような激しい痛みが走った。

「初めてだから痛むのはわかっている。全部挿れ終わるまでは苦しいと思うが、辛抱してくれ。あとから楽になるようにするから」

宥めるように言うと、痛みの元である熱棒で、蜜壺の狭い孔道を押し広げてくる。

(う、うそよこんなの！)

信じたくないが、ユーリアはエリアスに犯されてしまっていた。

「ひぃあぁぁっ！」

激しい痛みに悲鳴を上げる。

「くっ、きついね。君が純潔であった証と思えば、これも嬉しい狭さだが……」

痛みに苦しむユーリアを気の毒そうに見下ろす。

「や……あぁ……」

少し声を出すだけで激しい痛みに襲われる。

「これからのことを考えると、自然な交わりが必要なんだ。奥まで挿れてひとつになることで、お互いが強く結ばれる」

エリアスが説明するけれど、ユーリアには理解できない。

（なぜこんな？）

わかるのは、今日再会したばかりの男性に、馬車の中で処女を奪われているというひどい事実だけだ。身体だけではなく心にも強い痛みを覚えている。

（どうして？　どうしてエリアスさまはこんなことを？）

疑問の言葉が頭の中を巡った。

（もしかして……あのせい？）

苦しむユーリアの脳裏に、あの時のことが思い出された。

あの、バーロス侯爵家での出来事が……。

3

あれは十年近く前、まだユーリアが八歳の頃だった。

母の実家であるバーロス侯爵家でガーデンパーティーが開かれ、母に連れられて参加したのである。そこには大人だけでなく、年上の少年少女たちも多数おり、彼らの中心に美麗な貴公子がいた。

彼の名はエリアス・ゾーラ・ディステル。十四歳でディステル侯爵家の嫡男だという話を、近くの女の子たちがヒソヒソとしている。

（きれいなひと……）

輝く金髪と緑の瞳を持つエリアスは、利発そうな容貌と上級貴族らしい優雅な立ち居振る舞いをしていた。理想的な貴公子そのものの彼の周りには、パーティーが始まってすぐから貴族の令嬢たちが群がっている。

そこは眩しいほど華やかで、中級貴族の出身で歳も幼いユーリアには、簡単に近寄れない雰囲気があった。

（絵本の中の王子さまみたいだわ）

ほうっとため息をつく。

伯爵令嬢のユーリアにとって、侯爵家の彼は遠い存在であった。離れた場所で彼を取り巻く少女たちを羨ましげに眺めていると、

「ちょっとそこ、どいてちょうだい」

後ろから声がして、驚いて飛び上がる。

「あ……」

振り向くと、リボンやフリルがたっぷりついたドレスを身に着けた少女がいた。エリアスのいる場所に続く道にいるユーリアが、邪魔だったらしい。

「は、はい」

横に移動すると、ふんっという感じで通り過ぎる。

ユーリアより少し年上と思われるが、偉そうな態度からどこかの上級貴族の令嬢だと推測された。彼女は通り過ぎると、足を止めて振り向き、

「あなたはどこの子？　見たことないわね」

じろりと顔からつま先まで見下ろす。

「わ、わたしは、ユーリア・ザーラ・ルバルトといいます」

小さくなって答えた。このような場所には慣れていないし、他の貴族の子供たちともあまり交流したことがなかったので、緊張してしまう。

「ザーラ？　知らない顔だと思ったら、上級貴族じゃないのね。そういえば今日のパー

ティーには、中級貴族も呼ばれているみたいね。あんなのとか、うんざりだわ」

片眉を吊り上げてエリアスたちがいるのとは反対方向に目を向けた。そこには茶色い髪の少年がいて、女の子たちを追いかけ回して悪さをしている。

(ヴィリーだわ！)

父方の遠縁でブルム伯爵家の嫡男だ。ユーリアとはほとんど血の繋がりはないが、遠い親戚ということで何度か会ったことがある。

(きゃっ。こっちを見たわ！)

ユーリアに気づいたヴィリーは、獲物を見つけたとばかりに走り出す。

「おいおまえ！　来てたんなら俺にあいさつしろよ！」

言いながら駆け寄り、

「いつもよりいい服を着ているな。へへ、中を見せろ」

ドレスのスカートに手をかけた。

「や、やめて！」

スカートをめくろうとしたヴィリーを突き飛ばす。

「うわわわ！」

中腰になっていたヴィリーは、後ろにごろんと倒れた。足が高く上がり、ひっくり返ったカエルのような情けない格好になる。

それを見て周りの女の子たちがくすくすと笑っていた。

「な、なにをするんだ！」

真っ赤になって怒りながらヴィリーが起き上がる。

しかしその時には、既にユーリアは庭から屋敷の中へと逃げ込んでいた。

(ここまで逃げれば大丈夫かしら)

屋敷の奥深くまで駆けて来て足を止める。

少ししたらこっそり庭に戻って、母親たちのいるテラスのあたりに行けば、ヴィリーも手出しはできないだろう。

そう考えながら引き返そうとしたけれど……。

「ど、どちらから来たかしら」

振り向くと廊下が二手に分かれている。その向こう側も再び分かれていた。

「こっちよね？」

逃げるのに夢中で覚えていなかったが、ここにいてもしょうがないので歩き始める。

「えっと……」

バーロス侯爵の屋敷は、ユーリアの住むルバルト伯爵邸の何倍も大きく、そして広い。母の実家であるがここにはめったに来ることがなかったので、迷うばかりだ。

「お庭はどこ……」

幼少の頃から方向音痴であったらしい。ガーデンパーティーの会場となっていた場所に戻ることができない。

戻り方を訊《たず》ねたいが、いくら廊下を歩いても誰にも遭《あ》わなかった。侍女や下男たち使用人も、ほとんどがガーデンパーティーに駆り出されているらしい。

お城のように広い屋敷の中を、ぐるぐると歩き回る。

どのくらい時間が経っただろう。自分の姿が見えなくなったことで、母が心配しているかもしれない。

だれか助けてと泣きながら叫ぼうとした時、

『……っく……』

人の声のようなものが耳に届いた。

(誰かいる!)

廊下の突き当りにある扉が開いている。声はあそこから聞こえてきたようだ。よかったと走り出し、その部屋に入ろうとしたが……。

(あの人!)

部屋の中に金髪の少年が立っていた。

整った横顔で、彼がエリアスであるとすぐにわかる。取り巻きの女の子たちは誰もいなくて、薄暗い部屋の中央にぽつんとひとりだ。

庭で見せていたような華やかな笑みは浮かべていない。軽く眉間に皺を寄せ、なんだか辛そうな表情でうつむいていた。

皆に囲まれていた時よりも、もっと近寄りがたい。

（どうしよう……）

庭に出る方法を聞く雰囲気ではない。しかし、今ここで彼に訊ねなければ、またしばらく屋敷の中を迷うことになってしまう。

戸惑っていた時、ユーリアの目の端に、赤いジャケットと茶色い髪が目に入る。ヴィリーだ。まだしつこくユーリアを捜していたみたいである。

誰もいない廊下などで見つかったら、何をされるかわかったものではない。

ヴィリーがこちらに気づく前に、急いでエリアスがいる部屋に入った。扉を閉める音が小さく響くと、エリアスがビクッと肩を震わせる。

「誰ですか！」

問いかけながら振り向いた。なぜかエリアスは、怯えたような目でこちらを見ている。

「ごめんなさい……！　あ、あの、わたし……庭に…出る場所がわからなくて……」

しどろもどろに答えると、エリアスはほっとしたように小さく息を吐いた。

「いや、私のほうこそいきなり怒鳴って済まなかった……君は、どこの子？　見たことがないね……」

それまでの辛そうな表情は消えて、優しげな表情でユーリアに問いかける。

「わたし、わたしあの……ユ、ウリ……」

緊張と、エリアスと一対一で遭遇した戸惑いで、言葉が上手く出ない。

（ちゃ、ちゃんと話さなきゃ！）

「ひとり？　バーロス卿の知り合い？」

「お、お母さまの、お、お……」

お父さまがバーロス侯爵だと言おうとしたが、喉がヒクヒクと痙攣《けいれん》して話せない。

「えっ？　君の母上が？」

怪訝そうな表情で聞き返しながら、エリアスが近づいてきた。

「あ、あの」

美麗な顔が迫ってきて、ユーリアの緊張が更に高まる。

（どうしよう、ち、近づいてきたわ！）

口に当てようと手を持ち上げたら、肘にガッという衝撃を覚えた。

「えっ！」

横を向くと、こげ茶色の物体が自分から離れていくのが見える。

手を持ち上げた際に左肘がぶつかってしまったようで、大きなこげ茶色のそれは床に向かって倒れようとしていた。

いけない、と思って手を伸ばすが、倒れる方が速い。ユーリアの指先をかすめて、ドコンッという鈍い音を立てて床に転がった。

「ああっ！」

それはとても大きな木彫りの馬だった。

「大丈夫？　怪我はない？」

ユーリアの方に来ていたエリアスは方向を変え、倒れた馬に近づいていく。

「これは後ろ脚を一本修理に出しているから不安定なんだ」

よいしょと馬を抱きかかえるようにして起こす。すると、馬から丸い何かが落ちてカランカランと弾んだ。

「ああ！　お馬さんの目が！」

馬の目に嵌め込んであった石が外れている。床に転がるバラ色に光る石を、ユーリアは呆然と見下ろした。

「外れてしまったね」

二人の間に落ちた石をエリアスが拾い上げる。

「留め金が折れているな」

これでは嵌め戻せないと首を振った。

「ど、ど、どうしよう……ごめんなさい……わたし……」

入った時には気づかなかったが、この部屋の中は豪華な品々で溢れている。

椅子やテーブルには凝った彫刻が施され、金や螺鈿で模様が描いてあった。宝石や真珠を使った調度品が煌めいている。部屋の中央にある銀細工の鳥籠の中にいるのは、赤とピンクの珊瑚《さんご》で作られたカナリヤだ。

ユーリアが倒した馬も、艶《つや》やかなマホガニー製の美しい作りをしている。金の鞍《くら》を着けて銀の縄や宝石で装飾されていた。

おそらくここは、バーロス侯爵の居室なのだろう。

侯爵は厳しくて気難しい老人だ。怒らせるととても恐ろしく、機嫌を損ねないようにしなければならないと、母から言われている。

それなのに、勝手に部屋に入って高価な馬を倒し、壊してしまったのだ。大変なことをしてしまったと青ざめていると、

「心配しなくてもいいよ。留め金の代わりになるものが工具室にあるはずだ。あとで直して嵌めておくよ」

大丈夫だよとエリアスがうなずく。

「なおせるの？」

ほっとしながら問い返す。

「うん。なんとかなるよ。こういうのを直すのは得意なんだ」

馬の目を持っていた方の手を持ち上げ、ロゼル・ライトの丸い石を見せた。

「あ、ありがとうござ……っ！　ああっ、て、手が！」

石を持つエリアスの手の甲が、赤黒く変色しているのに気づいて声を上げる。

「あっ、これはなんでもない。気にしないでくれ」

さっと手首を返して見えなくした。

「でも、すごいケガだわ。お医者さまにみてもらわなくちゃ」

誰か大人のひとを呼んでこなくてはと、廊下に出ようとしたユーリアの腕を、エリアス

が慌てて摑む。

「待って！　このくらいなんともない」

「だって……すごくはれていたわ」

「わかっている。だが、騒ぎにしたくないんだ。誰にも言わないでくれ」

頼む！　と、背中を丸めて、ユーリアと同じ目線の高さで頼まれた。何かにぶつけてしまい、皆を心配させたくなくてここで耐えていたらしい。

「え、ええ」

（だけど……）

石を握っている手の甲がチラリと見えるが、とても痛そうだ。血は出ていないようだが腫れているので、かなりの怪我だということはユーリアにもわかる。だが、言わないでくれというお願いにうなずいてしまったので、どうにもできない。

「エリアスさま……かわいそう……」

悲しげにつぶやき、ポケットの中からハンカチを取り出した。

「これ、つかってください」

エリアスの手にそっと巻きつける。レースの刺繍で縁どられたハンカチは小さくて華奢だが、包帯代わりに巻けば少しはいいかもしれない。

「ありがとう。君は優しいね」

笑顔で礼を告げられる。

（うわぁ……）

至近距離で見るエリアスの笑顔は、ぱあぁっとそこに光が当てられたかのように輝いていた。上品で素敵な笑顔が自分だけに向けられていることに緊張する。

「ところで君は、どうしてここに？」

「あ、あの、お屋敷の中で迷ってしまったの。ガ、ガーデンパーティーに、お母さまと来ていたのだけれど……」

しどろもどろになりながらも、何とか答える。

「庭に戻れればいいのかな？」

エリアスの質問に、こくりとうなずいた。

「では私が連れて行ってあげるよ。おいで」

空いている方の手でユーリアの手を握ると、エリアスは歩き出した。

（て、手をつないでいるわ！）

ユーリアの胸の鼓動が跳ねる。

「あの、エ、エリアスさまは、どうしてここに？　ガーデンパーティーにいらしたのではないの？」

ドキドキしながら問いかけた。

「母上の体調が悪くて、ここで療養をさせてもらっている。見舞いのついでにガーデンパーティーに顔を出していたんだ」

「お母さまの具合が悪いの？　大丈夫？」

「バーロス侯爵家には専属の薬師《くすし》がいて薬草畑もあるから、必ず良くなると信じている」

自分に言い聞かせるような感じで彼は答えた。

薬草畑を所有している関係で、バーロス侯爵家の敷地には上級貴族用の療養所が併設されていると母から聞いたことがある。

エリアスの母親は、そこで療養しているのだろう。

「お母さまだけここにいるの？」

「そうだよ。本当はずっと付き添っていたいのだけれど、私は侯爵家の跡継ぎとして学ばなければならないことが沢山あるからね。月に一度くらいしか会えないんだ」

悲しげにつぶやいた。

「月に一度だけなの？　お母さまもエリアスさまも、かわいそう」

「そんなふうに言われたのは初めてだな。皆、立派な侯爵になるために我慢しなさいとしか言わない」

エリアスはふっと苦笑する。

「どうして？」

「どうしてって、侯爵になるには様々な能力が必要だからね。遊んでいてはなれないよ」

問い返されてユーリアは首をかしげる。

「わたしにはわからないわ。侯爵さまになるお勉強が、病気のお母さまに会うことよりも大切なことなの？」

「そう……だよ」

　少し苦しげにエリアスは答えた。

（なんだか、そうではないみたいだけど……）

　もしかしたら、聞いてはいけなかったのかもしれない。母親に会えないなんて、誰にだって辛いことだ。

「ごめんなさい。このお話はもうしないわ」

　しゅんとなって謝罪する。

「こんなに小さな女の子に気をつかわせてしまったかな。ごめんね。でもありがとう。実は今日は母上に会えなかったから、落ち込んでいた。そんな気持ちになることもいけないのだと苦しく思っていたけれど、君のおかげでなんだか気分が楽になったよ」

　優しい笑顔を向けられた。

（会えなかった？　具合が悪いのかしら）

　すぐさまそう思ったが、エリアスが悲しむと思ったので訊ねないことにする。

　その時。

「おいおまえら！」

　突然後ろから、ヴィリーの声が響いてきた。振り向くと遠くから何か叫びながらこちらにやってくる。

「知り合い？」

エリアスが怪訝な顔でユーリアに問いかけた。

「あ、あの、あの人は、かかわっちゃだめ！　いじわるなの！」

ヴィリーから逃げていたら屋敷の中で迷ったのだと告げる。

「なるほど、あれが迷った原因か……さっきから悪さばかりしていたな」

言いながらすっと壁に手を伸ばす。

廊下には鎧兜《よろいかぶと》や銅像などが、あちこちに飾られていた。エリアスの手の先には、鉄の球が入った籠が吊るされている。これは敵や賊が侵入した際に使うものらしい。

エリアスは籠を傾けると中の鉄球を、ごろごろとヴィリーのいる方向へ転がした。

「う、うわわ！」

近くまで来ていたヴィリーは、来た球を避けようと足を上げる。左右に絶妙なタイミングで転がってくるため、みっともなく踊っているような姿だ。

「さてこれで仕上げだ」

球を転がし終えると、エリアスはヴィリーの方へ自ら近寄る。足元にしか注意を払っていないヴィリーの頭に、展示してあった鉄の兜をずぼっと嵌めてしまった。

「ふ、ふがっ！」

変な声が上がり、ヴィリーが廊下に転がる。鉄製の兜はものすごく重量があるらしく、倒れたヴィリーは頭を起こせずじたばたしていた。

「さあ行こう」

エリアスがユーリアの手を引く。

「は、はい」

ヴィリーのみっともない姿を横目に、足を進めた。

しばらく屋敷の廊下を走り、可愛らしい中庭のある場所に着くと、

「あははは」

エリアスが笑い出す。

「なんか、面白かったな」

いたずらっぽくユーリアを見た。

「ヴィリーをやっつけてくれて、ありがとう」

笑顔で感謝の言葉を返す。

「すこしやりすぎたかな」

「そんなことはないわ。いつもひどいことをされているのよ」

前回会った時は、背中に虫を入れられたと訴える。

「それは悪い奴だな。もっと懲《こ》らしめればよかった」

笑いながら怒った。

「でもまあ、悪者退治は楽しいね」

「ええ」

エリアスの意見にユーリアも同意する。

「だけどここはどこかしら」

二人で走り逃げてきた先は、中庭を囲む回廊だ。

「ここは本庭の近くだよ。あそこの物置部屋は本庭に面している。中に庭に出る扉もあるはずだよ」

エリアスがハンカチを巻いた方の手で指差す。すると、ハンカチがするりと外れて床に落ちていく。

「あっ！」

ひらひらとユーリアの足元に落ちて止まった。

「ごめん。汚れてしまったかな」

急いで拾い上げたユーリアにエリアスが質問する。

「大丈夫よ。でも、エリアスさまの手が、さっきよりはれているみたい」

「ああ、これは、平気だよ」

苦笑しながら手をすっと後ろに隠す。

「でも、冷やせば早くよくなるわ。前にわたしがケガをした時にお母さまが冷やしてくださったら、痛いのが少なくなったの。ここでまっていてね、ハンカチをお水でぬらしてくる！」

さきほどまでしどろもどろだったが、慣れたのか今は普通に会話ができている。怪我をしているエリアスをなんとか癒してあげたいと思う気持ちも強かった。

ユーリアは回廊から中庭に駆け下り、奥に見える小さな水場に向かった。


濡らしたハンカチを持って回廊に戻ってきたが、エリアスの姿が見えない。

「どこに行ってしまったのかしら」

きょろきょろと回廊を見渡すが、美麗な少年の姿は見つからなかった。もしかしたら本庭に戻ってしまったのかもしれない。

そう考えて、先ほど本庭につながっていると聞いた物置部屋に行くと、扉が開いており、エリアスの姿が見えた。

(あそこにいらしたのね)

ほっとしながら近づく。

しかし……。

「何をやっておるのだ！」

掠れた怒声が響いてきて、ユーリアは入り口で立ち止まった。

(あれは、バーロス侯爵さまだわ！)

カツカツという音も響いている。あの音には聞き覚えがあった。バーロス侯爵が突いている杖の音である。

「申し訳ございません」

エリアスの謝罪の声が聞こえた。

「母親への見舞いを禁じたのは物置部屋で遊ばせるためではないぞ。」

「遊んでいたのではありません。居室にある馬の置物の目が取れてしまったので、嵌めようと工具を探しておりました」

手のひらに載せたバラ色の石を侯爵に差し出す。

「目が取れた？　ふん。嘘を申すな。盗もうとしていのだろう？」

侮辱的な言葉を投げつけられ、エリアスは眉間に皺を寄せた。

「盗むなど……考えたこともありません。こ、工具があれば直せるのではないかと、思っていただけです」

「お前のような卑《いや》しい者の言うことなど、誰が信じるか！」

ため息をつきながらバーロス侯爵が杖を振り上げる。

（まさか！）

入り口で立ち尽くすユーリアの目に、侯爵の杖がひゅんっと風を切って振り下ろされるのが映った。予想通り、杖はエリアスの手に当てられる。

パシーンという音が響き、続いてううっと呻くエリアスの声が続いた。

「この程度の杖が止められぬのは、そなたの精進が足りぬからだ」

低い声で侯爵が言う。

「は、はい……」

うなずいたエリアスを見た侯爵は顔を顰める。

「ディステル侯爵家にはこんな跡継ぎしかいないとは情けない。よりにもよって、盗みをはたらこうとするとは……」

つぶやいて嘆息した。

（あ……）

馬の目を盗んだと侯爵は思っていて、それでこんなにも怒っているのだ。

「跡継ぎのいない我がバーロス侯爵家も嘆かわしいが、後世に憂いを残すような跡継ぎしかおらぬディステル侯爵家も考えものよの。それとも、侯爵位認定委員のわしの顔に泥を塗りたいのか」

「そのようなことはございません」

「泥棒を跡継ぎになど、認定するわけにはいかぬな」

エリアスが盗んだとバーロス侯爵は決めつけている。

（ちがうわ！）

エリアスは馬の目を盗んだりしていない。自分がうっかり倒して外してしまったのだ。

そのことを訴えようとユーリアが部屋に入ろうとしたら、

「おいおまえ！　こんなところにいたのか！」

廊下と庭を隔てた窓から、ヴィリーの声が響いてきた。

「ひっ！」

驚いて濡らしたハンカチを手から離してしまう。床に落ちたそれは、びしゃっという水音を立てた。

「なんだ？」

不快な音を聞いたとばかりに眉間に皺を寄せた侯爵と、辛そうな表情のエリアスが一斉にこちらを向く。

「あ、わたし。あの」

エリアスは馬を盗んだりしていないと言わなくてはならないのに、バーロス侯爵の恐ろしげな表情に気圧《けお》されて言葉に詰まる。

「そこを動くなよー！」

ヴィリーの声も近づいてくる。

見るとこちらに駆けてきていて、緊張に混乱が加わった。

「あの、あの、わたしが、馬を、たおし」

必死にエリアスの責任ではないと言おうとする。だが、ちゃんとした言葉にならない。

「閉めなさい！」

侯爵がイライラしたようにエリアスへ命じる。

「はい」

出入り口にやってくると、エリアスはなんでもないというふうに首を振り、ユーリアの目の前ですばやく扉を閉じてしまった。

「そんな。あの！」

叩いて開けてくれと言おうとしたが、ヴィリーが接近してくるのが見えて扉から離れる。彼の手に何かが握られているのがユーリアの目に映った。

「ひっ！」

触角のようなものがヴィリーの手の上部から出ている。大きな昆虫を持っているらしい。

虫が苦手なユーリアは、全身の毛がぞわっと逆立ったのを自覚した。

「き、きゃあー！」

思わず叫んで走り出す。

屋敷内の廊下をまたしても必死に逃げ回った。

せっかく庭に出られると思ったのに、ヴィリーを巻いたら再び迷ってしまう。なんとか戻ってきた時には物置部屋には誰もおらず、エリアスも既に庭に出ていた。

エリアスは手袋をしていて、大勢の女の子たちに囲まれている。手の腫れや、あれからバーロス侯爵とどうなったのかはわからない。

彼に近づこうとしたら、年上で上級貴族の令嬢たちから、子どもは邪魔よと押しやられ、あっちに行けとばかりの視線を向けられた。

彼女たちの持つ恐ろしげな雰囲気に阻まれて、その後、エリアスと話をする機会は訪れず、ガーデンパーティーは終了してしまう。

あのあと、家に戻ってもずっとエリアスのことが気になった。

ふさぎ込んでいると母親が気づいてくれて、ユーリアはエリアスとのことを泣きながら話したのである。

「まあ、そんなことで悩んでいたの？　おじいさまは誰にでも厳しいの。とくに侯爵家の跡継ぎとなる者には、侯爵位認定委員を任されているから余計にね。ユーリアのせいではないわ」

いつものことだから心配はいらないと微笑んだ。

「でも、わたしのせいで泥棒だと思われているの。今もまだ叱られているかもしれないわ」

「エリアスもディステル侯爵家に戻っているから大丈夫よ。でも、そんなに気になるのなら、そのことをお手紙に書いてあげるわね」

「ありがとう。お母さま！」

というわけで、母は事情を記した手紙をバーロス侯爵に出してくれた。でも、返事が来なかったので、誤解が解けたのかどうかわからない。

その後は、ユーリアの父が病に倒れたため、貴族の集まりなどには出なくなった。世間との付き合いも途絶え、エリアスと会うことはなかった。

4

あの時の彼と再会し、舞踏会で初めてワルツを踊り、求婚された。

そこまではユーリアにとって嬉しい出来事だった。しかし、結婚承諾書にサインをさせられ、馬車の中で夫婦の契《ちぎ》りを結ぶ儀式をされるというのは、受け入れられない。いや、あってはならないことだと思う。

あれは現実ではないはずだ。

夢や妄想でなければならない。

ユーリアは幻想の世界へと再び逃げ込もうとしたのだが……。

（あぁ……）

乙女の大切な場所に太いものが突き挿さっていた。圧迫感を伴う痛みと引き攣れは無視できるものではない。嫌でも現実に引き戻された。

「う……」

ユーリアは小さく声を発して覚醒する。

「気がついたかな？」

聞き覚えのある声が近くからした。

(わたし……いったい?)

驚いて目を開くと、金の房飾りがついた軍服が目に入る。どうやら自分は、意識を失っていたらしい。

(これは……えっと……エリアスさま?)

近くにいる相手を認識すると同時に疼くような痛みを覚えて、自分の下半身を突き挿しているものの正体を思い出す。

ユーリアは首を振った。本当は大きな声でやめてくれと叫びたかったが、声を発しただけで痛みが走る。

乙女の純潔を奪われた破瓜《はか》の痛みだと思うと大声で泣きたかったが、それすらも辛い。

ユーリアは声を殺して嗚咽《おえつ》を漏らした。

「泣いているのは痛いから?」

背中に回した腕で、ユーリアを軽く抱き締めながら問いかける。

(い、痛い……わ)

身体も心も痛すぎる。

そして、ここはまだ馬車の中で、エリアスと向かい合わせで彼の脚の上に座っていることを自覚した。

膝を開いて彼の腰を両腿で挟み、エリアスのものを受け入れている。

（こんなのないわ）

衝撃に心の中で叫ぶと、エリアスに困ったような表情で見つめられる。

「苦しくて私の背中に爪を立ててしまうのはいいけれど、君の爪が割れてしまわないか心配だ」

エリアスの背中に回した手が、痛みで軍服と背中を思い切り摑んでしまっていた。

「ご、ごめん、なさ……うぅっ！」

謝ろうと口を開いたが、声を発すると強い痛みに襲われた。

「こんな場面で私に謝るとは……悪いのは私なのに……」

苦笑混じりにつぶやく。

そう思うならなぜこんなことを、と困惑するユーリアの顎にエリアスの手が触れた。

そっと顔を上げられ、至近距離で顔を見つめられる。

「あ……」

エリアスの瞳を見ると、どきんっと胸の鼓動が強く打った。

「強引なことをして済まない。君が欲しくて欲しくて、どうしても我慢できなかったんだ」

申し訳なさそうな表情で謝罪する。そしてエリアスは表情を緩めて、

「でも、こうしてひとつになれたから、もう大丈夫だよ」

再びユーリアに笑顔を向けた。

「君は身体だけでなく、心も私を受け入れられるようになっているはずだ。君を苦しめるその痛みから、解放してあげるね」

エリアスから発せられた言葉に、ユーリアは目を見開く。

(心も受け入れて、痛みから解放してくれる?)

痛みがなくなるというのは嬉しい。もう強引なことはせず、終わりにしてくれるのかもしれない。

「では君から私に口づけをしてごらん」

「わたしから口づけをするの?」

「私に口づけをするだけで、痛くなくなるのだよ」

(口づけで?)

それだけでこの痛みが消えるのだろうか。でも、彼の目を見ているとそれが本当のような気がする。

先ほどまで感じていた強引に犯されていることに対する憤りも薄れていた。彼を受け入れて、彼の美しい瞳を見ていると、信じていいように思えてくる。

(この方にキスをすれば……いいのよ……ね?)

エリアスの綺麗な緑色の瞳に吸い込まれていくような感じで、ユーリアは彼に顔を近づけた。

「ん……」

形のいい唇に自分の唇を重ねたら、ドクンと鼓動が強く打つ。

唇同士がくっつくと、頭の中にふわあっとしたものを感じた。それは、エリアスを受け入れている胎内にも感じている。

（あ……中が……）

痛みが急速にしぼんでいく。

エリアスを受け入れているところの辛さが消えるだけでなく、身体が彼に合わせて変化しているような感じだ。

「どうして？」

「ひとつになって口づけをすると、心の繋がりが深くなるんだ」

緊張が解けることで中も緩み、痛みが軽減したらしい。

（だから痛くないのね……）

そしてそれだけではなかった。

「は……、んんっ、ん……う……」

キスをしている唇が気持ちいい。そこに感じる場所があるようで、唇が擦れるとゾクゾクし、吸われるとうっとりするような熱を覚える。

（ああ、気持ちいい……）

少し前に口移しで飲まされ、舌を絡められた時もいい気持ちになったが、快感を覚えるほどではなかった。

唇にもたらされる気持ちよさはどんどん強くなっていく。あれほど躊躇《ちゅうちょ》していたエリアスとのキスを、はしたなくもユーリアは楽しみ始めていた。

しばらくして唇が離れると、寂しく感じてしまうほど……。

「どう？　まだ痛い？」

ユーリアの顔を見下ろし、エリアスが優しく問いかける。

「だいじょう……ぶ」

顔を上げるとエリアスと見つめ合う形になり、頬を染めて答えた。

恥ずかしいと思うけれど、彼の目から視線を外せない。透き通った緑色の瞳を、いつまでも見つめていたいと思ってしまう。

痛みだけでなく、先程までの衝撃や悲しみも消えていて、泣きそうだった自分が別人のように感じられた。

頭の中がふわふわとしていて、難しいことが考えられない。

「なかなか色っぽい顔をするのだね。ちょっと堪らないな……」

困ったような笑顔でエリアスが首を振る。

「なにがたまらないの？」

よくわからなくて聞き返す。

「君が素敵すぎて堪らないんだ。肌も滑らかで……」

ユーリアの頬に当てていた手を首筋から肩へと撫で下ろす。

「あ……っ」

肌を撫でられた刺激でびくっとした。

「胸も大きくて魅力的だ」

鎖骨から更に下へと移動したエリアスの手は、ユーリアの白い乳房を包むように掴む。

彼の手を目で追っていたユーリアは、そこではっとした。

「わたしったら……」

ドレスもコルセットもパニエも身に着けていない。ロゼル・ライトの首飾りと、靴下を留めるレースのガーターベルトが腰に残っているだけだ。

（いつの間に脱がされたの？）

エリアスとひとつになって口づけをしてからは、記憶が曖昧だ。頭の中がふわふわして思考が定まらない。そのせいなのか、自分のはしたない姿に気づいても、それほど深刻なことと捉えていない。

エリアスから与えられる甘い刺激に、身体と意識が支配されていた。

「あぁ、そこは……んんっ、うっ」

エリアスの手のひらが乳房を揉みしだく。乳首を摘まんで捩られると、もたらされた快感に溺れて、喘いでいるしかなくなる。

今のユーリアはエリアスにされるがままだ。

「これ気持ちいい？」

「ん、いい、あぁぁっ」

両方の乳首を同時に弄られて、双方から伝わる快感に首を反らして喘ぐ。

「可愛い声が出るね。これも嬉しい誤算だったよ。官能は力で操れるものではないからね。君の資質と私との相性がいいということだ」

本当に嬉しそうな表情で、一方の乳首を舌先で舐めた。乳首を温かくて濡れたものに刺激され、淫らな熱が発生する。

「は……あ、あぁっ」

喘ぎながら身体を震わせた。

先程も散々舐めたり吸ったりされたけれど、今の方がずっと強く感じる。快感の熱が身体の奥からずくずくと発生してきた。

「エ、エリアス……さま……！　おねがい……」

未経験の感覚が身体の中で膨らんできて、激しく困惑する。エリアスの肩を掴んでいた手に力を込め、彼を呼んだ。

「なにをお願いしたいのかな？」

口に乳首を含んだまま目線を上げ、赤い顔のユーリアに問いかける。

「それ、されると、変なの……身体の中が熱くて、おかしくなりそう……あ、もう、吸っては……んんっ」

ビクンビクンと震え、息を乱しながら訴えた。

エリアスは乳首を嬲《なぶ》るのをやめて顔を上げる。

「本当に君は感度がいいね」

華やかな笑みを浮かべて、ユーリアの唇にちゅっとキスをした。

「ああ、動いては……」

エリアスの動きで身体が揺れ、下腹部が疼く。

(あ……な、なに?)

エリアスとキスをしてからは、引き攣れと痛みが消えて圧迫感だけが残っていた下半身が、熱くなってきた。

「ん? 中が動いたね」

エリアスが片眉を上げて微笑む。

「ん……あ、あぁ……っ!」

剛棒を咥《くわ》え込んだ蜜壺の中から、淫靡《いんび》な熱が発生している。

「もぞもぞしてどうしたの?」

エリアスの手のひらが、わき腹から腰に向かって撫で降りてきた。ぞくぞくするものが背中を駆け上がる。

「中が……熱いの……」

身体を震わせながらユーリアは答えた。

「中とは、ここのこと?」

腿の上にいるユーリアの身体を、下から突き上げる。

「はっ、あっ、そこ……あぁっ」

蜜壺に挿入《はい》っていたエリアスの男性に、奥をぐっと押し上げられた。少し前まで激しく痛んでいた場所に、快感を伴う熱を感じる。

「善《よ》かった？」

ユーリアの耳朶に舌を這わせながら質問した。

「ふ、くぅ、なか、熱い……くすぐった……いわ。あ、ああんっ」

耳に与えられた刺激に身体をくねらせながら答えたら、蜜壺の中の剛棒が擦れた。そこから痺れるような快感が伝わってくる。

「熱いのはいや？」

「……い、いいえ……」

「もっとこうしてほしい？」

再び下から突き上げられた。

「あぁっ、い、いい！」

ぶわっと膨らんだ快感の熱が蜜壺から伝わり、身悶《みもだ》えながら声を発する。

乙女のユーリアにとっては、不可解な種類の熱だ。だけど、その熱はおかしくなってしまいそうに気持ちがいいことだけは、はっきりしている。

ゆっくりと突き上げてくるエリアスの動きに、じれったさを感じるほど、ユーリアは快楽を貪《むさぼ》った。

「これ、好き？」

淫猥に蜜壷を擦り、奥を突く。

「は、あ、あぁ、す、好き、んっ」

身体の中が快感でいっぱいになり、それが破裂しそうに膨らんでいく。

「エリアスさま、わ、わたし、あぁ……中が、あんっ、か、身体が……」

「身体がどうしたの？」

エリアスは突き上げの速度を速めながら問う。ユーリアの身体が上下に跳ねて、誘うように乳房も揺れた。

つんと勃《た》った乳首がエリアスの軍服に擦れ、淫猥な刺激が増幅される。

「ふ……、す、すごく、感じる……けど、……感じすぎて……」

どうしていいかわからないと、エリアスの肩にしがみついた。

「それでいい。君は感じていればいいだけだ」

突き上げをやめると、ユーリアの腰を抱えるようにして、自らの腰を浮かす。

「ひ、あぁっ！」

彼が腰かけている椅子と向かい合わせになっている馬車の椅子に、倒される形でユーリアは仰向けにされた。

両膝をエリアスに抱えられ、足裏が高く上げられる。

（い、いやあ……）

　恥ずかしすぎる格好だ。

「これで動きやすくなった。さあ、奥まで挿れ直すよ」

　エリアスが上から覆い被さってきて、太い竿先をぐっと突き挿れる。

「ああうっ！」

　痺れるような快感がもたらされ、首を反らして喘いだ。

「ああ……すごい……わ」

　蜜壺の中で彼が自在に動き、ユーリアのいいところを刺激する。

「君が感じているのは、私にもよくわかるよ。中から蜜が溢れ出ているからね」

（蜜……）

「さあ、もっと感じてごらん」

　ユーリアの膝を抱え直し、エリアスは腰を押し付けた。蜜壺の中に、彼の熱棒が挿入され、ずるりと引き出され、再び挿入される。

「はぁ、はぁ、エリアス、さま、あぁ……か、感じる、わ」

　恥ずかしい行為の繰り返しなのに、悦びの声しか上げられない。しかも、悦びを感じているのは身体だけではなかった。

　心にも愉悦を感じていて、それに溺れている。

「なぜこんな……すごく、いい……の？」

彼に犯されているはずなのに、自分からエリアスの背中に手を回していた。

「私も同じだよ。君の中に入ると、とてもいい。狭くて、熱くて……愛おしい」

ぎゅっと抱き返された。

(愛おしい……)

エリアスの言葉に、熱いものが胸に込み上げてくる。

「うっ、中が締まって、絡みついてくる」

ユーリアの中が変化したらしい。

「どうやら君は、もう私を覚えたようだね。いい子だ」

嬉しそうにエリアスは抽送を繰り返す。

「わかるかい？　感じて中が蜜でいっぱいだよ」

彼の動きに合わせて、湿った音が発生している。

「……っ！　熱い。なか……が、……う、くっ」

強い快感に、鼓動がドクンドクンと全身に鳴り響く。その音があまりに強くて、恐ろしく感じる。

(ああ……わたし、どうなってしまうの？)

感じすぎてどうしていいのかわからない状態だ。蜜壺を突かれれば突かれるほど、身体の中に快楽の熱が膨らんでいく。

「中がかなり濡れて締め付けもすごい。そろそろ達《い》かせてあげようか」

「達か……せて？」

「ほら、達っていいよ」

彼の不可解な言葉が聞こえてすぐ、強く突き上げられる。

（——っ！）

痺れるような快感がユーリアの全身に走った。

目の前が白く発光する。膨らんだ熱が破裂したような感じだ。

「ひ……っ、あ、あぁっ……くっ！」

襲ってきた強い快感に、全身が痙攣する。

「っ！　すごく締め付けて達ったね……危うく私まで持っていかれそうになったよ」

苦笑しながらつぶやくエリアスの声が頭に響くけれど、意識が花火のように弾け、返事はできなかった。


「そろそろ着くよ」

という声がしてはっとする。目を開くと、見覚えのある金の房飾りが映った。

（ここは？　わたしはいったい？）

自分がどういう状況にいるのかわからない。頬が触れていた場所は紺色の軍服で、それに身体を預けていた。

「あ……！」

視界がはっきりしてくると、タイスの階級章が付いているのに気づく。

「わ、わたし！」

ユーリアはすべてを思い出し、エリアスの胸に手を当てて顔を上げた。すると、肩にかかっていた白い物がするりと滑り落ちる。

「き、きゃああっ！」

首飾りとガーターベルトだけという、ほぼ全裸に近い自分の姿が現れて驚愕した。

「おっと、落ちてしまったね」

ユーリアの上半身を包むように左腕で抱き締めたエリアスが、右腕を伸ばして馬車の床に落ちた物を拾い上げる。ふわふわの羊の毛でできたブランケットのようだ。

「わ、わたし、なぜこんな格好……っ！」

狼狽しながら言葉を発したが、そこでもっと尋常ならざる事態に気づく。

「きゃあっ、な、中に！」

エリアスの腰を跨いで座っていたユーリアの秘部に、まだ彼の熱棒が挿入されたままになっていた。

先程のような痛みはなく、圧迫感を伴う異物感のみだが、ユーリアが心身に受けた衝撃は強い。

「いやっ！　もう、抜いて！」

エリアスに抱きしめられている身体を捩り、肩を手のひらで押して訴える。

「頼む、暴れないでくれ」

ブランケットに包まれ、身体の自由を奪われてしまう。

「放して！　あ、あなたなんて、嫌い！　ひ、ひどいわっ、こんなこと許されないことよ！」

伯爵令嬢ではなくなったとはいえ、自分は貴族の身分であるし、そういう育ちをしてきた。まるで娼婦を買ったかのような扱いに、泣きながらエリアスを詰《なじ》り、じたばたともがく。

「思ったよりも持続時間が短かったな。まだ精を注いでいないからしょうがないか……」

エリアスはため息をつくと、暴れるユーリアを抱き締める力を更に強めた。

「君が私を嫌いでも、もう結婚の書類にサインしている。こうして夫婦の契りを結ぶのは普通のことだよ」

「こんなの、普通じゃないわ！」

違うと首を振る。エリアスのことは幼い頃から好きだったけれど、こんなふうに関係を強要するような行為は受け入れられない。

「承諾書にサインをしたのは君自身だ。覚えているよね？」

（サイン……）

先ほどサインをした時の記憶が甦る。確かに自分でペンを持ち、サインをしていた。

「そ……そうだけど……」

あの時サインなどしたくなかったのに、勝手に手が動いたのだ。首飾りを嵌めたあとは、エリアスの言いなりに動かされていたから、そのせいに違いない。

「あれは、あんなのは、無効だわ」

答えた瞬間、ユーリアの胎内にあるエリアスの熱棒が動いた。

「うっ！」

初めての絶頂を思い出させるような熱が伝わってくる。交接部からもたらされる甘い熱に戸惑っていると、

「無効になど、絶対にしない」

冷たさを感じさせる硬いつぶやきが聞こえた。

(怒っている？)

中が動いたのは、怒ったエリアスが下腹部に力を入れたからだろうか。

エリアスは抱き締める腕を緩め、空いている方の手で強引にユーリアの顔を上げさせた。

(あ……っ)

彼の緑色の目がユーリアを射貫くように見つめる。

「君は私のものだ。そうだよね？」

「え……ええ……」

（違うわ！）

心の中では否定するのに、口からは反対の言葉が出ていた。やはり先ほどと同じだ。心と身体が別々になってしまっている。

「私の妻になり、ディステル侯爵夫人として一生そばにいてくれるね？」

重ねて問いかけられた。

それまでの厳しい表情は消え、エリアスは笑みを浮かべていた。その笑顔は自信に満ちていて、拒否を許さない雰囲気がある。

思わず要求にうなずいてしまいそうになったが、

（だめよ！　承諾してはいけないわ）

自分の目と口を必死に閉じた。エリアスの目を見て囁《ささや》かれると、身体だけでなく心も彼の言う通りになろうとしている。

それを防ぐには、できるだけ目を合わせないようにした方がいいと咄嗟に思った。

目と口を閉じたユーリアの顔を見て、エリアスはふっと声を発して苦笑する。

「無駄なのに……目を開いて私を見てごらん」

命令が聞こえると、ユーリアの瞼がゆっくりと持ち上がってしまう。

（ああやっぱり）

自分の意思に反して彼の命令に身体が従ってしまう。目を閉じただけではだめなのだ。

開いたユーリアの目に、彼の瞳と、形のいい唇が自分の唇に近づいてくるのが映る。

「首飾りをつけた君は、私と交わったまま自分から口づけをしたよね？　あれは、心から私に従うという契約を君が自らしたことになる。だからあのあと、私との交わりを受け入れたのだ。しかも、予想外に感じてくれて、嬉しかったよ」

（なんですって？）

エリアスの説明に愕然とする。

「ただ、この契約の力はまだ確定していない。確定させる儀式は屋敷に着いてからにすると決めているからね。だから今は、君の心を私のものにしておくには……」

意味深な表情で告げると、再び顔を近づけてくる。またキスをされてしまいそうだ。キスをされると頭の中がぼんやりして、エリアスに心身ともに従ってしまう。でも、その間のことは忘れてしまうわけではないので、支配が解けたあとに後悔と憤りを覚えることになる。

ここでキスをされたら、再び心も身体も彼に支配され、同じような事態になってしまうに違いない。なんとか逃げたいと思うのだけれど、ブランケットごと抱きかかえられていて、身体の自由が利かなかった。

「ん……んんっ」

精悍な美貌が接近し、否応なく唇を重ねられてしまう。

（ああまた……）

どくんっと胸の鼓動が跳ねる。

唇を伝って、ユーリアの頭の中にエリアスの意識が入ってくるような感じがした。

「……は……ん」

それまでの抵抗感が消え、ほんわかとした気持ちよさが訪れる。歯列をなぞり、舌を絡め、ちゅっと音を立てて吸われた。

（……気持ちいい……そういえば、さっきもキスで……）

快感が、唇から全身へと巡っていく。

意識がほわほわしてくると、エリアスの唇が離れた。

「君は私の妻だよね？」

瞳を覗き込むようにして質問される。

「……ええ。そうよ」

エリアスの透き通った緑色の瞳に、吸い込まれてしまいそうな錯覚を覚えた、

（そう……だったかしら……？）

なぜか疑問が浮かんだけれど、

（そうよ。そうに違いないわ）

こんなキス、夫となる人以外とするはずがない。

「君がディステル侯爵家に嫁いでくれて、私は嬉しいよ」

「ええ。わたしも嬉しい……」

自分は今、誰もが憧れる男性の妻になり、その人に抱かれているのだ。嬉しくないわけ

がない。

「ずっと私の妻でいてくれるね」

「はい。エリアスさまの妻としておそばにおります」

頬を染めて答えた。

エリアスは幼い頃から憧れていた貴公子で、今はタイスの位を持つ王都でも有数の軍人侯爵である。この方の妻でいられることが幸せであることは間違いないはずだ。

頭の奥の方で、誰かが違うと言っているような気がしたけれど、深く考えられない。

「そろそろ我がディステル侯爵家の本邸に着くよ」

「本邸？」

「ああ。王都の屋敷ではなく、領地の本邸で妻を迎えたかったんだ。夜通し馬車に揺られて疲れただろう？」

優しく気遣う言葉をかけられる。

「ええ。だ、大丈夫だけれど……あの……」

困惑の表情でエリアスを見上げた。

「けれど？」

首をかしげて問いかけられる。

「あの、そろそろ抜いて……ください」

真っ赤になりながら小声でお願いした。初めての交わりから今に至るまで、彼の熱棒をずっと挿入されたままなのである。

「それはもう少し待ってくれ」

「待つ？」

なぜ、と思って見上げると、エリアスが馬車の窓にかかっている布を開いた。

群青色の空と地平線にある陸との境目が、オレンジ色に染まっている。朝日が顔を出す寸前の夜明け前。本当に夜通し馬車で走っていたのだ。

「あれが我がディステル侯爵家の本邸だ」

右前方を指してエリアスが言う。エリアスと向かい合わせに座っているため、首を後ろに回して窓の外を覗き見る。曲がりくねった道の先に小高い丘があり、その上に塔を持つ大きな建物が見えた。

「とても大きいのね。まるでお城みたい……」

朝の光を浴びて建つディステル侯爵家本邸は、白い壁に高い塔をいくつも持っていて、お城のようなつくりである。王都の王宮は荘厳で立派だが、優美さにおいてはこちらが勝《まさ》っていると思う。こんなに美しいお屋敷は見たことがない。

（夢みたい……）

突然素敵なエリアスと結婚し、美しい屋敷で侯爵夫人になる。本当に夢のようで、現実感がない。誰もが憧れる幸せを、ユーリアは手に入れられるのだ。

（……あら……？　そうだった？）

何か大切なことを忘れている気がした。

(なんだったかしら?)

思い出そうとした時、つる草を模した装飾がある大きな鉄門を、馬車が通り過ぎたのが目に入る。

「も、もう着いてしまったの?」

考え込んでいたら、馬車は侯爵邸の正門に到着してしまったようだ。

「まだだよ。大門から坂道をしばらく登ることになる」

馬車道は丘をぐるりと回るようになっているので、屋敷の入り口まで時間がかかるという。

「で、では、わたしドレスを着なくては」

しかも、エリアスに貫かれたままである。

「このままで大丈夫だよ」

慌てているユーリアに彼はうなずいた。

「だ、大丈夫じゃないわ。わたしのドレスはどこ?」

いくらぼんやりしていても、こんな姿で外に出られないことぐらい認識している。馬車の椅子に膝立ちになり、エリアスの熱棒を抜こうとしたら、

「坂道だから立たない方がいい」

腰に腕を回し、腰を上げようとしたユーリアを引き下ろす。

「あっ、うっ」

再び身体の奥深くまで彼の熱棒に貫かれた。ぐちゅっという蜜の音と淫靡な快感が伝わってくる。

「入り口に着いたら抜いてあげるから心配はいらないよ」

「でも……ドレスを急いで身に着けないと間に合わないわ」

エリアスの言葉に困惑する。

「君だけがいればそれでいい。他は何もいらない。身体ひとつで我が侯爵家に来てほしい」

真剣な目を向けて言われた。

「ただまあ、使用人たちに魅力的な君の身体を見せるわけにはいかないからね」

ユーリアの身体を包んでいたブランケットを巻き直し、その上からビロードでできた濃紺に金の縁取りがされたエリアスのマントがかけられた。

「これなら君が暴れて落ちない限り、外からは見えない」

「で、でも……」

見える見えないの問題ではないと思う。どう考えても異常だ。なんとかして着替えさせてもらわなくてはとエリアスの顔を見上げる。

目の前に、相変わらず嬉しそうな笑みを浮かべるエリアスの顔があった。

「こんなに幸せな気持ちで家に帰るのは初めてだ。君のおかげだよ。ありがとう」

お礼の言葉を述べると、ユーリアにキスをする。

「ん……う……」

エリアスに見つめられてキスをされると、意識がふわあっと浮き上がった。

（え……っと……）

何か彼に言わなくてはいけないはずなのに、頭の中がぼんやりする。

自分はエリアスの妻になって、ディステル侯爵の本邸に着いた、ということ以外が頭の中から消えてしまう。

「さあ着いたよ。少しの間だけ離れるけれど、我慢してね」

エリアスがユーリアの腰を持ち上げた。

「はい、あ、あぁんっ」

蜜壺からずるりと彼の熱棒が引き出され、その刺激に喘いでしまう。

熱棒の先端にあるくびれが敏感な場所を強く擦ったせいで、それまで以上の快感が発生していた。

（あ、あ、中が……）

今の刺激をもっとほしいとばかりに、蜜壺内が収縮する。しかし、ここで再び挿れてもらうわけにはいかない。

「どうしたの？」

小さく身悶えしていると、身支度をしているエリアスに気づかれた。

「か、身体が……変なの」

「どんなふうに？」

「エ、エリアスさまが、……ほしくて……」

普段のユーリアなら絶対に口にしないような言葉を発してしまった。

「ふふ。可愛いね。大丈夫だよ。あとでほしいだけあげるよ」

嬉しそうに言うと支度を整えたエリアスは、馬車の扉を開くように外に命令した。

「この日の為に用意した寝室で、本当の夫婦になろうね。さあ、私の肩に摑まって！」

ユーリアの身体を抱き上げる。

「はい……」

もう本当の夫婦ではないのかしら、と思いながらマントの間から手を出す。タイスの軍服を纏った彼の肩に摑まった。

エリアスに抱えられたまま馬車から降ろされる。彼に抱き締められているので、ユーリアは後ろ向きだ。背中の方角から、

『お戻りなさいませ。侯爵さま』

という複数の声が響いてきた。使用人たちが出迎えているらしい。声の重なり具合から、その数は少なくなさそうだ。

（こんな時間に？）

まだ夜明け前である。

「妻を連れてきた。あとで皆に紹介する」

馬車から降りたエリアスが皆に告げる。

「おめでとうございます旦那さま。準備は万事整えてございます」

報せが届いてすぐに用意を始めておりましたと、掠れた男性の声がした。

「家令のヤーコフだ。この家のことはすべて任せている」

そう言ってエリアスが足を進めると、初老の老人が白髪の頭を下げているのが目に入った。小柄で黒い服を身に着けている。

「よろしくお願い申し上げます。奥さま」

顔を上げると、薄茶色の目でユーリアを見た。

「よ、よろしく……」

自分の状況がよくわからないまま挨拶をする。

エリアスが廊下を歩き始めると、両側にずらりと並んでいた使用人や侍女が、おかえりなさいませと次々に頭を下げていく。

ユーリアは後ろ向きなので、エリアスが通り過ぎると彼の肩越しに使用人たちの姿が目に入る。顔を上げた彼らは、じっとこちらを見ていた。

「あ……」

彼らの視線と、カツンカツンと響くエリアスの靴音で、もやもやしていた意識が次第に晴れてくる。

靴音が響けば響くほど、意識がはっきりしてきた。

ここはディステル侯爵家。

居並ぶ使用人たちが見ているのは自分。

そして自分は今……。

(わたし……なんて格好でっ!)

自分のとんでもない状況を自覚する。ブランケットとマントで隠されているとはいえ、全裸なのだ。

手首から先しか出ていないけれど、彼らはマントの中の身体が裸なのを知っているのだろうか。

(い、いやあぁっ!)

激しい羞恥に、ユーリアはエリアスの肩に顔を埋める。

「んっ?　どうかした?」

「いやっ、ひどいわエリアスさま!　こんな、こんなことをするなんて!」

小声で詰りながら、肩に埋めた顔を左右に振った。

「ああ、もう戻ってしまったか……それでは急がないと」

カツカツと歩調が急ぎ足に変わる。すると、床から伝わる振動が刺激となって伝わり、途中で快感を奪われた身体が疼いてきた。

「うぅ……っ!」

熱くて淫靡な記憶が蜜壺の奥から顔を出す。

「うん？　こんなところでほしくなってしまった？」

ただ歩いているだけなのにと苦笑している。

「やぁっ、と、止まって！」

眩暈《めまい》がしそうなほどの羞恥に襲われ、懇願する。

「ここで止まっても、どうにもならないよ？」

「それなら……もっと、ゆっくり……」

速く歩くと身体が上下し、中の疼きが強くなった。

「いや、急いだ方がいいだろう。こんなところではどうしようもない」

ユーリアの訴えは聞き入れてもらえず、足は進められた。

（あああ、そんなっ！）

蜜壺から淫らな要求が断続的に襲ってくる。エリアス自身を早く挿れてほしいとばかりに、秘唇から蜜までも滲み出ていた。

「どうして……」

「夫婦の儀式を最後まで終えていないから、心身ともに満足していないせいだよ。寝室に着けばすぐに楽になる」

（楽に？）

少し前に馬車の中で同じ言葉を聞いた。楽になるとは、挿れられたエリアスの熱棒で気持ちよくなるということではないだろうか。

頭の中がぼうっとしていた時に、寝室で再び夫婦の儀式をするようなことを聞いた気がする。そしてそれがほしいとはしたなくも自分が口にしたことも。

(だめよ！)

意識がはっきりしてくると、受け入れられない事態であることに気づく。

だが、廊下が終わって大階段を昇りはじめると、上下の揺れが大きくなって、更に淫らな欲求が高まった。

「あ、あぁ、だめぇ……」

身体を震わせながら訴える。階段には使用人たちは控えていなくて助かったが、歩いているよりもずっと疼きが強い。

(もう、どうにかなりそう)

エリアスの肩に顔を埋め、首筋に強く抱きつく。

「もう少しだからね」

宥めるようにユーリアの腰を手のひらで擦った。

「あ、あぁ……んんっ」

それすらも刺激となり、疼きを増幅させる。

ぎゅっと目を閉じてエリアスにしがみついていると、突然上下の感覚がなくなった。身体が大きく倒れて、動きが止まる。

「もう、いいよ」

エリアスの声が聞こえた。

(な……に?)

驚いて目を開くと、息を切らしている彼の顔と、キラキラしたものが目に入る。

「あ、あの……」

身体の中を巡っていた激しい疼きは残っている。疼いて苦しいというのを初めて体験し、混乱していた。

「待って、すぐだから。ね?」

優しい笑顔で見下ろされている。

そこでやっと、自分はどこかに寝かされ、上からエリアスに見られているのだと気づいた。

彼の後ろに見えるドレープが寄せられた光沢のある布は、天蓋《てんがい》と思われる。

「ここは、ベッド?」

ユーリアの首のあたりで結ばれている紐を解いているエリアスに問う。

「そうだよ。ディステル侯爵夫人用のベッドだ。これからは君が使うことになる」

ベッドサイドに立っていたエリアスは、紐を解くとユーリアに巻き付いていた紺色の布を開いた。馬車の中で巻かれていたエリアスのマントである。

その下に巻かれていたブランケットはかなりずり落ちていて、エリアスが指先で引っ張ると簡単に身体から滑り落ちた。

「きゃあっ！」

裸の身体が露わになり、悲鳴を上げる。

「ああ、足はこのままでいいよ」

膝を閉じようとしたのを止められた。間に彼の下半身を入れられ、閉じられなくなる。

「や、こんな」

抗おうとしたユーリアの秘唇に、熱いものが押し付けられた。

「……あぁんっ！」

濡れた秘唇をいやらしくなぞられる。

淫らな刺激に飢えていた身体は、もたらされた淫猥な刺激にはしたなく反応した。

「君が待ち望んでいたものだよ」

ぐっと腰を進めた。

秘唇が強引に開かれ、彼の熱棒がぬぷぬぷと侵入してくる。

「あ、あんっ、挿入って……、や、んっ、くっ！」

首を振って拒絶した。

しかし、言葉では抗っているけれど、身体は悦んでいた。中から淫靡な熱が沸き起こり、
彼を締め付けている。

「君がほしかったのは、私のこれだよね？」

覆い被さるように顔を近づけてきたエリアスに問われた。

「あ……」

息を乱しながら開いたユーリアの目に、美麗な緑色の瞳が飛び込んでくる。彼の問いかけに、違うと返したかったけれど……。

「ええ……」

肯定の言葉が口から出ていく。

「私も君とひとつになれて、嬉しいよ」

嬉しそうにユーリアへ口づけた。

瞬間。

ふわあっとした感覚に包まれ、頭の中が白くなる。

「君も嬉しいよね？」

問いかけの言葉が聞こえた。

深いところまで突き挿れられ、熱棒に中を擦られた。熱くて淫らな感覚が交接部分から発生してくる。

「あぁぁんっ、う、嬉し……ぃ」

甘い快感に悶えながら答えた。

「君を妻にするための儀式を、やっと最後までできる」

「最後まで？」

「馬車の中では途中だったからね。これからが本番だよ」

ぐいっと腰を進め、ユーリアに顔を近づける。

「……んっ……」

エリアスの形のいい唇がユーリアの唇に重ねられた。

意識が再びほわんとして、羞恥よりも快感を追い求める方に傾いていく。

エリアスがゆっくりと腰を動かす。

「ん、はっ……あぁ……っ！」

奥を突かれてもたらされる快感が、次第に強くなる。

「感じるよね。私も同じだ。ここはどう、感じる？」

蜜壺の中を探るように動かされた。

「は、あ……、も、わから……な……かんじ、すぎて……」

喘ぎながら首を振る。

膝を抱えていた右手が外れ、ユーリアの頬に当てられた。

エリアスの美麗な顔が近づいてくる。

「これから私の、愛の証を受け取ってもらいたい」

「愛の……あかし？」

「そうだよ。二人が夫婦となって、子どもを儲けるためのものだ」

(子ども？)

ユーリアの半開きの目に、彼の美しい緑色の瞳が映った。

「私の子を産むのは、君にとって嬉しいことだろう？」

結婚して夫となった人の子を産むのは当然のことだ。それが愛するエリアスとの子であれば、嬉しくないはずはない。

「ええ。うれしいわ」

自然と腕が上がり、エリアスの背中に回る。

もう彼のことしか考えられない。

「ありがとう。ではいくよ」

ユーリアの秘部に腰を打ち付けた。

熱棒が出入りするいやらしい水音が響く。

「んっ、い、いいわ。あ、あ、すごい、中が……あんっ、や、灼け、る……」

奥を断続的に突かれると、蕩《とろ》けるような気持ちよさから、灼けるような快感へと変わっていく。

馬車の中からずっと感じさせられていたせいで、ユーリアの身体は急速に官能の極みへと昇っていく。

「は、はぁ、はぁ、あ、あぁぁ……いい……」

淫らな熱が膨れ上がる。

「ああ、すごくいいよ。そして、やっと君に……私を注げる。ここで、このディステル侯

爵家の寝室で、君に私の精を初めて受けてほしかったんだ」

エリアスの腰の動きが速まった。

「私の精を受ければ、今まで以上に強く結ばれる。これで本当に、君は私のものになれるんだ」

絶頂に達してユーリアはびくびくと痙攣する。

「……ひっ、あぁっ！」

（ああ、中に……）

自分の胎内にエリアスの熱い精が注がれたのを感じた。

5

眩しい光の中で、ユーリアはぼうっとしながら長いまつげを持ち上げる。

(えっと、ここはどこだったかしら)

さらりとした気持ちのいいリネンの枕の上に、自分の頭が乗っていた。ふんわりとした柔らかな掛布が身体を覆っている。

凝った形の支柱と金や銀の糸で織られた豪奢な天蓋が目に入った。

(確かここは……)

ディステル侯爵家の屋敷である。

明け方前にここでエリアスの妻になったことを思い出す。

(そうだわ。わたしったら、すごく乱れてしまって……)

初めて体験する激しい快感と衝撃に意識を失い、気づいたら陽《ひ》も高く上がっていたということだ。

恥かしくて頬に手を当てたところ……。

「目が覚めたかい。私の愛しき妻よ」

すぐそばで声がしてびっくりする。

声のする方を見ると、朝の光に煌めく金髪と深みのある美しい緑色の瞳を持つ美麗な容姿の青年が、ユーリアの隣で笑顔を向けていた。

「あ……」

自分と同じベッドで寝ているエリアスを見て、自分の痴態をはっきりと思い出す
「ああ、恥ずかしいわ」

ユーリアは布団の中に顔を潜り込ませた。

（あ……）

まったく記憶になかったが、夜着をちゃんと身に着けていてほっとする。

柔らかで上品な光沢を放つ布で仕立てられ、袖口や襟は繊細なレースで縁どられた豪奢な夜着だ。

夜着の他に、豪華なロゼル・ライトの首飾りも着けている。就寝時には不必要な首飾りだ。

（きっと外すのを忘れたのね）

布団の中で煌めいているそれを見ながら思う。

「隠れないで可愛い顔を見せてほしいな。できれば朝は妻からの口づけで始めたいのだけれど？」

頭上からエリアスの言葉が聞こえてきた。

(妻からの口づけ……)

美麗な彼の顔に自分から近づいて口づけをするということである。行為を想像しただけで、ユーリアの羞恥が更に高まり、ますます布団から出にくくなる。

「困ったな。朝の口づけどころか、妻の顔を見ることもできないとは……」

残念そうな声が聞こえたので、少しだけ顔を上げて覗き見ると、エリアスの困った顔が見えた。

深みのある緑色の瞳がどこか悲しげで、胸がきゅんっとする。

(わたし……)

こんなにも自分を妻として思いやってくれているのに、恥ずかしいからと顔も見せない自分がとても悪いことをしているように感じてきた。

(そうよ。わたしはエリアスさまの妻なのだから、恥ずかしがってばかりではいけないわ)

夫にあんな顔をさせてはだめだと思い直す。

だがその時……。

(妻？　夫？)

引っ掛かりを感じた。

(それって……)

頭の中に思考を妨げるようなふわふわとしたものが浮いている。それらを除《よ》けるように記憶を手繰っていくと、次第に違うものが見えてきた。

（そうよ、わたし、結婚なんてしていないわ！）

気づいた途端、頭の中にあるもやっとしたものが急速に晴れてくる。

「わ、わたしは、あなたの妻ではないわ」

布団から顔を出して訴えた。

するとエリアスは、おや、というふうに首をかしげて苦笑を浮かべた。

「疲れて忘れてしまったのかな。急だったから、まだ現実とは思えないのだね。でも、大丈夫だよ。君は私の妻になったんだ。書類上も、現実も……」

現実という言葉に、意味深な響きを感じる。

「忘れてなんか、いないわ。あなたが、強引に……しただけよ」

恥ずかしいので彼に背を向けて言い返す。

「結婚承諾書にサインをしたのは君自身だよ。馬車の中でも同じ説明をしたのだが、それも忘れてしまったのかな」

畳みかけるように問われる。

「そうよ……サインをしたあの時も、わたしは変だったわ」

承諾するつもりはなかったのにサインをし、それについて抗議しようとしたのに、いつのまにか受け入れていた。

しかも、犯されたのに喜ぶような言動をしてしまっていたのである。まるで、自分が自分でなく、誰かに操られているようだった。

（そうよ。そんな感じだったわ！）

いつの間にかユーリアは、エリアスの命じるまま、されるがままだったのだ。

「あんなの、わたしの意思ではないわ！　あ、あなたが、何か変な術を使ったからよ」

そのような内容も、昨夜は何度か聞いた気がする。

「私が変な術を？」

くすっと鼻で笑う声が聞こえた。

「どのような術を使ったのか、教えてほしいな」

ユーリアの肩越しに、大きな手と光沢のある絹の袖がすうっと出てくる。ユーリアが身に着けているのと同じような夜着だ。

目の前にやってきた手は、ユーリアの頬に当てられる。エリアスの方に顔を向けようとしているらしい。

「いやよ！　あなたの顔なんか見ない」

「話をする時に相手の顔を見ないのは、失礼なことだよ。君はもうディステル侯爵夫人なのだから、それなりに貴婦人らしい振る舞いをしてほしいな」

「侯爵夫人などではないわ。それに、あなたの顔は見たくない！」

「見たくない？」

頬に触れていたエリアスの手が、ぴくっと痙攣した。

「ユーリア……君は……」

エリアスの声が震えている。

「顔も見たくないほど、私が嫌いなのか？」

苦しげに問いかけられた。

「変な術を使ってあんなことをするあなたは、き、嫌いよ！」

「では、術を使わなければ、私を嫌わずに、ディステル侯爵夫人になってくれたのかな？」

（やっぱりおかしな術を使っていたのね……）

彼の質問に、自分は彼の使う催眠術のようなものに操られていたのだと確信する。

「わたし……そんな術を使う方は、信じられないわ。それに、侯爵夫人になる気はないもの」

首を振りながら告げると、

「結局どんな経緯でも、私のものにはならなかったということだね」

エリアスの声が低くなり、ベッドが揺れる。

（……えっ？）

彼のもう一方の腕も前に回り、ユーリアの背中に覆い被さってきた。

「きゃっ、な、なにを！　近づかないで！」

圧し掛かられたユーリアは悲鳴を上げて拒絶する。

「大人しくしなさい。そして、私を見るんだ」

再びユーリアの頬に手を添えた。

（見る？　だめよ！　見たら支配される！）

昨夜もそうだった。エリアスの緑色の目を見て口づけたら、自分は彼の言いなりになり、心までも支配されたのである。

（エリアスさまの目など見ないわ！）

ユーリアはきつく目を閉じた。

「おや？」

目を閉じて顔を背け、エリアスを見るまいとしているユーリアに、彼がくすっと笑った気配を感じる。

（……なに？）

不気味だけれど、目を開くわけにはいかない。

「私と目が合うと、操作されてしまうと思っているのかな」

（そうなのでしょう？）

心の中で問い返す。

「さあ、意地を張らないでこちらを向きなさい」

エリアスが命じる。

すると、ユーリアの身体が勝手に動き、彼のいる方へと向きが変わった。

（……っ！）

彼の目を見ていないのに、言いなりに動いている。

「その首飾りをつけている限り、君の身体は私の思い通りになる」

「そんな……！」

ユーリアは目を開く。

「きみが自分から首飾りをつけたことで、それを受け入れたことになるのだよ」

「これは、求婚のお話を保留にするためにつけたのよ。あなたの言いなりになるためではないわ」

しかし……。

ユーリアは首飾りを外すために両手を首の後ろに回そうとした。

「っ！　手が……動かない！」

「その首飾りは外せないよ」

驚くユーリアに、エリアスの冷静な声が届く。

「なぜ？　こんなの困るわ」

首を振って抗議をする。

「つける時は自分の意思だが、外す時は所有者である私の承諾がなければならない」

「エリアスさま……もう、これ以上お戯れになるのはやめてください。わたしは侯爵夫人にはなれないし、あなたの妻にもなれないわ」

少し大きな声できっぱりと告げた。

「なぜ？　他に好きな男でも？　調べたところそのような話は一切なかったが……」

怪訝な声で返される。

「そこまで調べたの？」

驚いて聞き返す。

「妻にしたい女性の身辺調査をするのは当然だ。私は誰よりも君を愛している。君以外の女性は考えられない」

熱烈な求婚の言葉がユーリアの耳に届く。

「そんなにもわたしを？」

「ああ。ずっと前から……子どもの頃から想っていたよ」

子どもの頃からという言葉に、母の実家であるバーロス侯爵邸で出会った時のことを思い出す。

あの時からエリアスは、自分をずっと好きでいてくれたということだろうか。

ユーリアの脳裏に、かつての光景が浮かんでくる。

女の子たちの憧れの貴公子であったエリアス。彼は、近づくことさえためらわれるほど人気者だった。

そんなエリアスが、ほんの一瞬の出会いであった自分とのことを、ずっと想っていてくれていたというのなら正直に嬉しい。ユーリアにとってそれは、心をぎゅっと摑まれるようなことだった。

（エリアスさま……）

昨日からずっと強引にひどいことをされているのに、彼に対してときめいてしまうのを、止められない。

（これも首飾りのせい？）

今は身体だけで、心は支配されていないはずだ。

「私の思いをわかってもらえただろうか」

首飾りを握る手の上から、エリアスの手が重ねられた。

「前にも言ったけれど、私の妻になってくれるのならどんなことでもする。欲しい物はすべて手に入れよう。母上の埋葬には最上級の司祭を招き、最高級の柩で永眠できるように手配する」

（そこまでしてくれるなんて……）

打算的に考えれば、受け入れるべき話だろう。

（でも……）

なぜか素直に受け入れられなかった。エリアスに懇願され、嬉しいという気持ちが強くなってきているのだけれど、どこか納得がいかない。

「やはり君は……私が、嫌いなんだね……」

悲しげな声が聞こえきて、ユーリアは顔を上げる。

「あ……」

金色に輝く髪を持つエリアスの頭が目に入る。肩が小刻みに揺れていた。

(泣いているの？)

胸元で重ねられている手も震えている。

だが……。

彼は泣いてはいなかった。

ゆっくりと頭を上げると、口元に笑みを浮かべていたのである。緑色の瞳に怪しい光が宿っているように見えた。ぞくっとしてユーリアは思わず顔を背ける。

「だが、どんなに嫌でも、この屋敷からは出られない。絶対に出さない」

ユーリアの態度にむっとしたのか、硬い声が聞こえてきた。

(出られない？)

横を向いたまま、頭の中で彼の言葉を繰り返した。

「この首飾りがある限り、君は私の言いなりだよ。さあ、目を開いて私を見なさい」

非情な命令が聞こえてくる。

「う……っ！」

顔に強い圧力のようなものを感じた。

強制的にエリアスの方に向き直される。

彼の精悍な美貌が目の前に来ていた。エリアスの瞳は相変わらず美しく、見ていると意識が吸い込まれていくような錯覚を覚える。

「いい子だ。私の妻は美しくて可愛くて、誰よりも愛しい」

たっぷりと甘い言葉を口にして微笑みかけた。

「……」

呆然としながら固まっていると、彼の唇がユーリアの唇に柔らかく当てられる。

「ん……んっ」

頭の中がエリアスの声と笑顔に支配されていく。

「君も私を愛してくれるね？」

優しく問われた。

(愛？)

「ええ。エリアスさま。愛しています」

(もちろんだわ……)

この方を愛さない女性などいるはずがないと思いながら答える。

「ありがとう。嬉しいよ。誓いのキスを君からもしてくれる？」

「はい……」

精悍な美貌に、自分から顔を近づけていく。

(これでいいのよね？)

彼の唇に自分の唇を柔らかく押し付けた。

「ん……」

わずかに残っていた疑問が頭の中から消え、エリアスのことだけしか考えられなくなる。

(ああ……気持ちが……いい)

好きな人とキスをすると、なぜこんなにも気持ちがいいのだろう。

うっとりと夢を見ているような心地でエリアスとのキスを楽しもうとしたが、すぐに唇は離れてしまった。

「君は素直だから術の効きがよくて助かる。精を注いでから持続時間が長くなったけれど、永遠に続かないのが残念だ」

エリアスは苦笑して、再びユーリアの唇にキスを落とした。


ディステル侯爵専用の広い食堂で、ユーリアはエリアスとともに遅い朝食を摂ることになった。

眩《まばゆ》い光を放つシャンデリアの下に、真っ白いクロスがかけられた大きなテーブルが置かれている。中央に飾られた豪華な花の周りには、料理が盛られた食器がずらりと並んでいた。どれもこれも美味しそうで、いい匂いを漂わせている。

テーブルの中央に腰を下ろすと、銀のボウルを持った給仕がやってきて、ユーリアの横に立った。

「これは領地の川で捕れた川海老《えび》で作ったスープだが、口に合うかな？」

向かい側にいるエリアスが説明すると、目の前に置かれている深皿にクリームオレンジのスープが注がれた。

深皿には侯爵家の紋章が描かれていて、スープに金色の影を映している。

「綺麗な色」

スプーンで掬《すく》って口に運んだ。

海老の味をベースにしたブイヨンが、クリームの甘さに包まれている。こってりとした贅沢な味が口腔に広がった。

「とても、美味しいわ」

「それはよかった」

ユーリアが食べる姿をじっと見つめていたエリアスが、口元をほころばせた。

食べているところなど恥ずかしいので見られたくないが、彼に目の前で嬉しそうな笑みを浮かべられると、見ないでとは言いにくい。

「うちの料理人はパンも得意でね。あと、ローストした鴨《かも》のソースも味わい深い。ああそうだ、ピクルスは侯爵家伝統の製法で……」

エリアスが説明し、料理が次々と運ばれてくる。

(朝からこんなに食べられないわ)

そう思うのだけれど、彼に勧められると断れない。

「聞く時間がなかったから、今回はこちらで勝手に用意してしまったが、今後は君の好きなものを作らせよう。何がいい？　特殊な食材が必要でなければ、大抵の料理は大丈夫だ」

評判の腕を持つ料理人を揃えていると胸を張って言う。確かに、腕のいい料理人が時間と手間をかけて作ったと思われる料理ばかりだ。

ユーリアの家にいた料理人も、とてもいい腕を持っていたことを思い出す。母の実家であるバーロス侯爵家から連れてきていて、鴨や海老の料理が得意だった。

（侯爵家専属の料理人は、皆こういうお料理が上手なのね）

父の薬にお金がかかるようになり、料理人を侯爵家に返してしまってからは、豪勢な食事からも遠ざかっていたのだ。

伯爵家に料理人がいた幼い頃を思い出し、懐かしいと思いながら食べていると、

「何が食べたい？」

エリアスから再度問われた。

「わたし……食べたいものは別に……」

ない、と言おうとしたが、ふと頭を過《よぎ》るものがあった。

（ブラマンジェ……）

真っ白なプディングのようなお菓子である。料理人が子どもの頃に住んでいた国のお菓子で、小さな頃に何度か作ってもらっていた。彼がいなくなってからは食べることもなく、

売っているのを見たこともない。

「え？」

「いいえ、なんでもないわ。ご馳走さまでした」

懐かしいあのお菓子をもう一度食べてみたかったが、ここの料理人は作り方を知らないかもしれない。

知らないということで評価を落とされたり、咎められたりしたら気の毒だ。

「もういいの？　私が一緒だと食べにくい？」

不安そうな目を向けられる。

「いいえ。そんなことはないわ。本当にお腹いっぱいなの。エリアスさまのせいではないわ」

「そう言ってくれると、安心して出かけられる」

ほっとした表情になった。

「お出かけになるの？」

「長く領地《ここ》から出ていたので、見回っておく必要がある」

（そういえば……）

エリアスは戦場から戻ってきたばかりだということに改めて気づく。

「お疲れなのでは？」

問いかけに、エリアスは笑みを浮かべる。

「疲れてなどいないよ。この程度で疲れていては、軍人など務まらない」

立ち上がると、ガウンを翻しながらユーリアの方へと歩いてくる。

「今の私に問題があるとしたら、こんなに素敵な妻を迎えられて、幸せで倒れそうなだけだ」

華やかな笑顔で見下ろされた。

「まあ、お上手だわ」

「本当だよ。君のおかげで私は幸せだ」

跪《ひざまず》いてユーリアの手を取ると、口づけた。

「お気をつけて。無理はなさらないでね」

彼の手に自分の手を乗せて告げる。すると、エリアスは少し驚いたように目を見開いた。

「……私を気遣ってくれるとは……ありがとう」

今までの煌びやかな笑顔と違う、どこかはにかんだような恥ずかしげな笑みを浮かべている。

（こんな笑い方もなさるのね……）

いつもは自信に満ちた笑顔を浮かべているのに、今はとても頼りない。困ったような顔は何度も見たが、弱々しい笑顔は初めてかもしれない。

エリアスも自分の表情に気づいたのか、はっとしてすぐにいつもの表情に戻して立ち上がった。

「君のためのドレスをいくつか用意してあるが、仕立屋も呼んでおいたから、好きなドレスを作るといい。明日は宝石商人と靴職人も来るはずだ。帽子職人も近々王都から呼び寄せよう」

「そんなにドレスはいらないわ。わたし、新しくなくて大丈夫よ？」

「侯爵夫人なのだからそれなりの格好でいてほしい。というのは建前で、綺麗に着飾った君を見ていたいんだ」

乙女心をくすぐる甘い言葉が、エリアスの口からいくつも出てくる。

「まあ……」

彼の言葉に頬を染めていると、食堂の大扉がノックされる。続いて、

「旦那さま。外出のご用意が整いましてございます」

掠れた老人の声が聞こえてきた。

「ああ、ヤーコフ。すぐ支度をする」

それまで浮かべていた笑みを消し、硬い声でエリアスが返している。

食堂の大扉が開かれ、この家の家令を務めている小柄で白髪の老人が現れた。

「まだお支度がお済みになられていないのですか」

食堂に入ってきたヤーコフは驚いてエリアスを見る。

「つ、妻と初めての朝食を摂ったのだ。予定を過ぎるのは仕方あるまい」

焦ったように言い訳をした。

「左様でございましたね。失礼いたしました」

ヤーコフはチラリとユーリアを見ると、納得した風にうなずいている。その様子で、ユーリアはここに着いた時のことを思い出した。

とんでもなく恥ずかしい格好のまま、家令や使用人の前を通ったことである。

（いやぁ……）

恥ずかしいと頬に手を当てた。

「出かけてくる。君はゆっくりしていてくれ」

ひとりで恥ずかしがっているユーリアにエリアスが告げる。

「あ、わたし、お見送りを……」

「見送りはここでいい」

ユーリアを止めるようにエリアスは首を振る。

「でも……」

「戻ってきたら出迎えてくれ。その方が嬉しい」

硬い表情を崩さずに言う。

「お見送りもお迎えもいたしますわ」

「ありがとう。でも、君は私が帰ってくる頃にはまた戻ってしまうだろうから……」

（戻る？　戻るって何のことかしら……）

期待していないような表情で小さく息を吐くと、エリアスは食堂の大扉から出て行ってしまった。

「あ、エリアスさま……」

いくら彼がいいと言っても、妻としてきちんと着替えて彼を見送ろうと立ち上がる。すると、

「ユーリアさま?」

壁際に控えていた侍女が声をかけてきた。茶色い髪を三つ編みにしてひっつめ、水色の侍女服と白いエプロンをかけている。

「わたくしはミリーと申します。奥さま専属の侍女を務めさせていただきます。よろしくお見知りおきくださいまし」

エプロンスカートを摘まんで挨拶をした。

「そう。よろしくね、ミリー。早速だけど、エリアスさまをお見送りしたいの。わたしの着替えはどこかしら?」

「奥さまのご衣裳部屋へご案内いたします」

どうぞこちらへと、ミリーがいざなった。


侯爵夫人専用の居間には、広めの衣裳部屋が併設されていた。そこにはエリアスが言っ

ていた通り、ドレスや靴が詰まっている。

「どれも素敵なドレスだわ」

自分が今身に着けている夜着とガウンもレースが贅沢に使われていて、とても豪華で美しい。

ディステル侯爵家の財力を感じさせられながらドレスに袖を通し、侍女の手を借りて髪を結う。

宝石がふんだんについた髪飾りを挿してもらい、髪飾りと同じ宝石で作られたイヤリングをつけていたら……。

「え……？」

楕円《だえん》形の大鏡に映っている自分に強い違和感を覚えた。

「わたし、なぜこんなドレスを着ているの？」

小さな宝石が沢山縫い込められた華やかなクリーム色のドレスを身に着けている自分に、ユーリアは首をかしげる。

「侯爵さまのお見送りをなさるとおっしゃっていましたが？」

着替えを手伝っていた侍女のミリーが答えた。

「ええ。そうだったけれど……でも……」

ユーリアは自分のいる場所を見回す。

ぼんやりとかすんでいた頭の一部が、魔法が解けていくようにはっきりとしてくると、操り人形のようにエリアスの命じるままであった自分が思い出された。

エリアスの妻でいるだけでなく、そのことを喜び、彼の言うことをすべて受け入れ、侯爵夫人として笑っていた自分。

(私は、エリアスさまの求婚を断ったはずなのに……)

目の前の鏡に自分の姿が映っていた。豪華なドレスを身にまとい、ディステル侯爵夫人の証という首飾りを着けていることに顔を顰める。

(この首飾りのせいよね……)

『君は素直だから術の効きがよくて助かる。精を注いでから持続時間が長くなったけれど、永遠に続かないのが残念だ』

エリアスの言葉が脳裏に甦った。

これをつけてから、自分はエリアスの言いなりだ。見つめられると、彼の命じるままに言葉を発し、口づけられたら心まで支配されてしまう。

「そんなの、許せることではないわ……」

心を操られて妻にされたことに怒りを覚え、震えながら立ち尽くす。

(こんなドレス、着ていたくない)

即刻脱いでしまいたいと思うのに、自分が着ていたドレスは馬車の床でぐしゃぐしゃになり、廃棄処分されてしまったと、着替えの前に侍女から告げられていた。

しばらくはエリアスが用意したドレスを、嫌でも着ていなければならない。

「奥さま？」

恐い顔で立っているユーリアに、ミリーが恐る恐る声をかけてきた。

「わたしは奥さまではないわ！」

即座にきつく返してしまう。

「あ、す、すみません。ユーリアさま」

ミリーがびくっとして言い直した。その様子を見て、ユーリアははっとする。

彼女は事情を知らないのだから、奥さまと呼ぶのは当然だ。感情的に怒って咎めるべきではない。

「あ、ごめんなさい。あなたは悪くないわ。なにかしら？」

「あの、旦那さまがそろそろご出発されますが」

「そう……」

どうでもいいわという顔で衣裳部屋に置いてある長椅子に腰を下ろす。

「お見送りには行かれないのでしょうか」

困惑の表情で質問される。ついさっきまで、ユーリアはうきうきと身支度を整えていたのだ。ミリーが戸惑うのは当然のことだろう。

「ええ、もういいの。それより、髪飾りを外してくださる？」

つけたばかりのイヤリングを外しながら侍女に命じた。

「は、はい……」

ユーリアの髪から宝石のついた髪飾りが取り外される。

「あの、お気に召しませんでしたでしょうか。他の髪飾りをお持ちしますね」

衣裳部屋の金庫にイヤリングと髪飾りを仕舞いながら侍女が言う。

「髪飾りはいらないわ。ドレスもここにあるもの以外で何かないかしら？」

衣裳部屋を見渡しながら問う。自分を無理やり妻にした男が用意したドレスなんて、いつまでも着ていたくはなかった。

「先代の奥さまのドレスがございますが、かなり前に亡くなられていますので、着用されるのはご無理ではないかと……」

虫食いなどは気をつけているけれど、生地自体が劣化していてレースも変色しているらしい。

「それでいいわ。持ってきてちょうだい。あ、その前にこの首飾りも外してもらえる？」

侍女に背中を向け、首飾りの留め金を見せる。

「はい。かしこまりまし……あ、あら？」

「どうしたの？」

「指が滑って……あ、きゃっ！　熱いっ！」

ミリーが叫び声を上げたので、ユーリアは驚いて振り向く。

「ミリー？　何が起きたの？」

「すみません。留め金が急に熱くなって……。ユーリアさまは、お怪我はございませんか？」

　慌てて前に回り込んだミリーが質問する。

「ええ。わたしはなんともないわ。まあ。指が赤くなって！」

　ミリーの指先が火傷《やけど》をしたように赤く腫れていた。やはりこの首飾りは安易に外すことはできないらしい。

「ごめんなさい。わたしがこんなことを頼んだからだわ。すぐに冷やしてらして」

　ユーリアは衣裳部屋の外にいたもう一人の侍女を呼びつける。

「どういたしましたか」

　背の高い侍女が駆け寄ってきた。

「ミリーに火傷の薬を塗ってあげて」

　急ぐようにと命じる。

「ユーリアさま。大丈夫です。少し腫れただけです」

　ご心配なく、と、ミリーは首を振った。

「とにかくあなたは冷やしてきて。ああそうだわ」

　居間に置いてある銀の水差しを手にし、ティーテーブルにのせられていたハンカチに水を垂らす。

「これで押さえておくといいわ。さあ、早く！　火傷は初めに冷やすことが大切なのよ、冷たい井戸の水に浸けてらっしゃい」

薬はそのあと塗ってあげてと他の侍女に命じた。

「あ、ありがとうございます。では……」

ミリーは頭を下げながら、背の高い侍女とともに部屋から出ていく。

「大事《おおごと》にならなければいいけれど……」

ミリーは自分より年上と思われるが、まだ若い。深刻ではなさそうだが、火ぶくれができていたようなので心配だ。それに、指先が使えないとなると侍女の仕事にも支障が出るだろう。

「仕事を休ませるように言った方がいいわね。エリアスさまはお出かけになったようだから、家令に言えばいいかしら」

卑怯な術を使うエリアスとは顔も合わせたくないから、ヤーコフに言う方がユーリアにとっても都合がいい。

居間から出て、正面玄関を目指して廊下を歩く。

昨夜、とんでもない状態でエリアスに抱えられて歩いた場所を、逆方向に進んでいくことになる。あの時は彼の術が解けかかっていたので、記憶は鮮明だ。

（や、やだわ……）

淫らな疼きに苛まれながらこの廊下を進んだ記憶が、頭の中と身体に甦る。エリアスの熱棒を欲しがり、彼に抱きついていた場所だ。

男性を知らなかった自分が、あんなふうにあられもなく乱れるなんて……。初めてなのにあんなに疼いてしまったのは、この首飾りとエリアスの術のせいなのだろう。

だが、わかっていても羞恥は消えない。真っ赤になりながら階段を下りると、ユーリアに気づいた侍女や使用人たちが立ち止まって頭を下げた。

(この人たちの前を……)

またしても思い出してしまい、耳まで熱くなる。

しかし……。

「旦那さまはご出発なさいましたよ」

玄関ホールに立つ家令のヤーコフが、軽く頭を下げていた。ユーリアがエリアスを見送りに来たのだと思ったらしい。

「そ、そう。あの、侍女のミリーことなのだけれど」

「ミリーがどうかいたしましたか。お気に召さなければ他の者をお付けいたしますが」

「そうではないの。わたしの不注意で怪我をさせてしまったから、治るまで仕事を減らしてあげてちょうだい」

ユーリアの言葉に、ヤーコフは片眉を軽く上げた。

「さようでございますか。かしこまりました」

「お願いね」

「あの、失礼とは存じますが……」

顔を上げたヤーコフは、難しい表情をユーリアに向ける。

「なにかしら？」

「とてもお似合いのドレスですが、髪飾りなどの装飾品もおつけになられると、いっそうよろしいかと」

「装飾品は好きではないの」

エリアスが用意したものということに抵抗があるので、つけたくないということもある。

「ですが、ディステル侯爵夫人ともあろうお方が、首飾りだけでは……」

ヤーコフは顔を顰めた。

「首飾りだけで十分よ……」

しかもこれは取れないのだ。むっとしながら言い返したが、

（そういえば！）

はっとして自分の手を見る。昨夜嵌めていたはずの母の形見の指輪がなくなっていた。

「手をどうかなさいましたか？」

ヤーコフが問いかける。

「わたしの指輪がないわ。ここに来る前から、エメラルドの指輪を嵌めていたのよ」

今朝目覚めた時からなかった。

「侯爵さまといらした時には、なにも嵌めていらっしゃいませんでしたよ」

エリアスに抱えられたユーリアは、彼の両肩を摑むように手を置いていた。彼の後方に立っていて通り過ぎるまで見ていたヤーコフはユーリアの手も全部見えていたという。

「では、馬車の中に落としたのかしら」

その可能性は高かった。指輪は少し緩かったし、ユーリアは何度か意識を失っている。

「昨日乗っていらした馬車でしょうか」

「ええそうよ。エリアスさまが乗って行ってしまわれたかしら？」

「いいえ。エリアスさまは従者と共に馬で出かけられました。馬の方が領地を見て回るのに動きやすいとのことでございます」

ユーリアが乗っていた馬車は屋敷にあるという。

「では馬車はあるのね。馬屋かしら？」

聞きながらユーリアは玄関に向かった。使用人が小走りにやってきて、玄関の大扉を両側から開く。

「あ、奥さま！　その首飾りは！」

ヤーコフが呼び止めた。

(首飾りがどうしたというの。それに、わたしは奥さまではないわ)

とにかく指輪を捜しに馬屋へ行かなくてはと、玄関から外に出ようとした。

が……。

「な、な、なに？」

突然足が動かなくなった。

「ヤーコフ！　これはどういうことなの？　あなたがなにかしたの？」

驚愕しながら問いかける。

「わたくしは何もしておりませんが……」

ヤーコフの声が後ろからする。

「それではなぜ、わたしの足が前に進まないの？」

今まで普通に動いていた足が、床にくっついてしまったように動かなくなっていた。

「失礼ですが、後ろには動かせますでしょうか」

ユーリアの横に来たヤーコフから問われる。

「後ろに？　……あ、ええ、動くわ」

前には固まってしまったように動かなかったが、後ろへはスムーズに下がることができている。

「なぜ？」

ヤーコフは閉じられた扉とユーリアを一瞥すると、納得したようにうなずいた。

「その首飾りには、旦那さまの許可がなければ屋敷の外に出てはいけないという命令がなされているのです。ロゼル・ライトは高価な石なので、防犯の意味も込めて勝手に屋敷から持ち出せないようになっております」

それは同時に、ユーリアも屋敷の外に出られないということだ。

「外にご用がございましたら、わたくしどもが承ります」

胸に手を当てて会釈すると、ヤーコフは扉を開いていた使用人たちの方へ振り向く。

「馬車に奥さまの指輪が落ちているかもしれない。ただちに捜索し、見つけたら私に届けなさい」

ヤーコフが命じると、かしこまりましたと使用人たちが出て行った。

「わたしはこの屋敷から出ることもできないの？」

ヤーコフの背中に向かって質問する。

「旦那さまがお許しになられれば、すぐに出られます」

振り向いて白髪の頭を下げた。

「今すぐに出たいの」

「わたくしにはどうにも……」

「わたしは籠の鳥でもなんでもないわ。出してください！」

強い口調でヤーコフに訴える。

「伯爵家から侯爵家に嫁がれたので、色々と理解しづらいこともございましょう。ですが、ユーリアさまは旦那さまと正式にご結婚なされたのですから、理解し受け入れていただきたく存じます」

硬い表情を向けて言った。

「結婚については……納得していないわ」

首を振って反論する。

「ユーリアさまの正式なサインが入った承諾書を、既に貴族管理院へ発送済みでございます」

「もう貴族管理院へ出してしまったの？」

行動の速さに驚く。

「はい。承諾書の他に、ルバルト伯爵家の再興とユーリアさまを女伯爵として暫定的に承認していただくための嘆願書も含まれております」

「ルバルト伯爵家を……」

そういえば、そのようなことも言われていた。

「あと、お母上さまの埋葬についても、既に手配は済んでおります。旦那さまはユーリアさまのご依頼をすべて果たされておられます。それなのに、ご結婚の承諾は偽りだとおっしゃるのでしょうか」

首をかしげてヤーコフはユーリアに問う。

「い、偽りではないわ。結婚を承諾したのはわたしの意思ではなく、エリアスさまに操られていたのよ」

自分から詐欺のようなことをしたわけではないと言い返す。それを聞いたヤーコフは、目を閉じてうなずいた。

「それは……素晴らしいことですね」

「何が素晴らしいというの？」

ヤーコフの言葉に耳を疑う。

「ディステル侯爵家を継いだ者として、大変素晴らしいことなのです。古代五貴族の末裔たる証明になります」

「古代……五貴族……」

家令が発した言葉にはっとする。

この国は昔、荒くれ者たちで構成されている蛮族に侵略され、人々はひどい目に遭わされていた。抵抗するものは虐殺され、略奪と蹂躙《じゅうりん》、処刑や拷問などの暴力に長年さらされていたという。

しかし、異国からやってきた五人の能力者が、特殊な力を使って蛮族を追い払ってくれたのだった。彼らは新しい国家を築き、不思議な力を使って侵入者から民を守り、この地に平和と繁栄をもたらしたと伝えられている。

「王族と侯爵家以上の上級貴族には、古代五貴族の血が流れております。五貴族の持つ能力を受け継ぎ、この国に尽くしていることはご存じですね？」

「え、ええ」

王国の礎となった五貴族のことは、貴族の子女としての教育内容に含まれている。とはいえ、伯爵家以下の中級、下級貴族に五貴族の血を受け継ぐ者は少ないので、詳しいことは知らなかった。

古代五貴族の血が流れる侯爵家以上の家と、そうではない中・下級貴族の間の隔たりは、現代においてはあまりないように見えるが、縁組に関してだけは厳しいものがある。

ユーリアの父であるルバルト伯爵とバーロス侯爵家の息女であった母との結婚も同様で、当初は母の父であるバーロス侯爵がかなり反対していて、最後は母が家出同然で嫁入りしてきた状態だったらしい。

母が実家のパーティーに幼いユーリアとともに参加したのは、侯爵家に戻ってこないかという話を聞かされるためだったようだ。もちろん断ったので、バーロス侯爵は更に怒っていたと後日病床の父から聞かされたことがある。

そういう理由があったので、父が病に倒れてもバーロス侯爵家からの助けはなかったのだ。とはいえ、父が倒れた翌年にバーロス侯爵は急死しているので、助けてくれたとしても、それほど助けにはならなかったのだが……。

とにかく、中級貴族以下の子女が侯爵家以上の上級貴族と結婚するのは大変なことなのだと、ユーリアはその時に思い知ったのである。

（エリアスさまは憧れの方だったけれど……）

幼い頃、彼といるとドキドキした。優しくされると舞い上がるほど嬉しくなり、手を繋いだだけで幸せを感じたのである。

ただし、結ばれる相手ではないと思っていた。

ヴィリーの家の舞踏会に出ていた女性たちも、正妻の座を狙っていたのは侯爵家以上の令嬢がほとんどで、中・下級貴族の娘たちはダンスの待機列に入れてもらい、憧れの貴公子と踊ったという自慢や思い出づくりをするためのものだと思う。

なのに、ユーリアはエリアスの妻にされてしまった。侯爵夫人として屋敷に閉じ込められ、彼の持つ不思議な力で支配されている。

ユーリアの困惑の表情とは対照的に、ヤーコフは嬉しそうな顔を向けていた。

「エリアスさまの能力は開花なさるのがとても遅く、当初は侯爵家の跡継ぎにはなれないのではないかと危ぶまれておりました。開花なさったあとも、戦などで使用できるほど高めるために、大変なご苦労をなさいました」

「どのような能力ですの？」

「兵士たちの士気を高める能力です。皆の意識を引き寄せ、一丸となって戦えるようにさせるのです」

作戦の成功率が高まり、勝利に結びつくのだというヤーコフの言葉に、ユーリアははっとする。

「では、この首飾りがなくとも、エリアスさまは力を使うことができるの？」

「能力者であらせられますので、もちろんです。ただ、細かく意のままに動かすには、ユーリアさまが着けられている首飾りのようなロゼル・ライトが必要となります」

（この石が力を強くするのね……）

紫がかったバラ色の石を見下ろす。エリアスはこれを使うことにより、人の意識や身体を自在に操れるのだ。

「その首飾りは古くから侯爵家に伝わっておりますので、普通のロゼル・ライトに比べて特殊な力を発揮することができます。その力を自在に使えるようになられたことが素晴らしいと、わたくしは先ほど申したのです」

満足げな表情を浮かべてユーリアに告げた。

(特殊な力って……)

口づけで効力を発揮し時間が来れば消えるけれど、彼の精を胎内に受けると持続時間が長くなるということが頭に浮かび、ユーリアの頬が熱くなる。

「あ、あなたにとっては素晴らしいことかもしれませんが、わたしにとっては大変困ることです。この首飾りを外してください」

これが外せない限り、ユーリアはここから出られず、エリアスの言いなりにされてしまうのだ。

少し強い口調でヤーコフに命じると、彼は首を振ってからユーリアの顔を見つめる。

「旦那さまがお留守の間に、わたくしが勝手に外すわけにはまいりません。それに、旦那さま以外の者が許可なく外そうと触れたら、怪我をするでしょう」

「怪我？　そういえばミリーが……」

指に火傷を負ったことを思い出す。これは安易に外せないものなのだと改めて思い知った。

(どうしてこんなことに？)

母親の埋葬をしたくて、ヴィリーの家のオークションに行っただけなのに、それがなぜかディステル侯爵の妻にされ、屋敷に閉じ込められてしまった。

自分の身分や境遇を考えれば、侯爵夫人になどなれない。八歳の頃に一度会ったきりのエリアスの妻になることもありえない。

まるで冗談のような事態だ。

(冗談?)

頭に浮かんだ言葉に引っかかる。

もしかしてエリアスは、自分を弄んで楽しんでいるだけではないだろうか。今のユーリアには身寄りがない。この世から消えてしまったとしても、誰も捜さない。

戻ってこないと修道院で心配してくれていたかもしれないが、母親の埋葬を手配した際にディステル侯爵と結婚したことを知ったはずなので、それで解決となるに違いない。

閉じ込められて意のままにされても、困るのはユーリアだけである。

(そういうこと?)

エリアスの優しげな笑顔の裏側に、嫌なものを感じた。

6

夕方。

「侯爵さまのお戻りにございます」

侍女の声がして、ユーリアのいる侯爵夫人用の居間の扉が開かれる音が聞こえた。

「ユーリア？」

居間に入ってきたと思われるエリアスが、怪訝そうな声で呼びかけてくる。

「……」

無言で声のする方向から顔を背けた。

「なぜ目隠しなどしているのかな」

ユーリアにエリアスが疑問を投げかける。

「エリアスさまの、言いなりにならないためですわ」

つんっとして答えた。

あれからずっと考え続け、やはりエリアスから自由に弄ばれるのは嫌だと強く思った。

だけど、エリアスの力に抗えないのはわかっている。きっとまた彼の意のままにされてしまうだろう。だけど、無抵抗のままではいられない。身体は自由にされても、心だけは自分を保っていたい。

それには、彼の目を見なければいいのではないかとユーリアは考えた。エリアスの美しい緑の瞳を見ているとどうにも惹かれてしまう。それもあって、口づけだけで簡単に心を支配されてしまう気がするのだ。

それで、太めのリボンを侍女に持ってきてもらい、目を覆うようにぐるぐると頭に巻いてみたのだ。

これなら目を開くように命令されても、彼の瞳を見ることはない。

もちろん、目隠しを取られてしまえば自分の身体は彼に従ってしまうのだろう。だが、何もしないでいるのだけは嫌だった。

だからこれは、自分にされていることに対する抗議の気持ちを、少しでもエリアスに伝えるためのパフォーマンスなのである。

「なるほどね……そういうことか……」

ユーリアの意図を悟ったらしく、ため息混じりにつぶやく。

(……怒っている?)

今までの自信たっぷりな口調とは違っていた。でも、怒っているという声音でもない。どちらかというと、落胆したような雰囲気だ。

エリアスの靴音が近づいてくる。

「あ……っ！　きゃ、な、なにをなさるの？」

長椅子に腰掛けているユーリアの背中と膝裏に彼の手が触れて、身体が持ち上げられたのを感じて焦る。

「見えない状態で食堂へ行くのは無理だ。こうして運んであげよう」

耳元でエリアスの声がした。

「め、目隠しを取らないの？」

歩き始めた彼の肩にしがみつきながら訊ねた。

「……うん。愛する妻がしたいのだからね」

邪魔はしたくないという。

「だから、わたしは妻ではないわ！」

屋敷の中をどんどん歩いて行くエリアスに反論する。

「いや。もう正式な妻だよ。先程貴族管理院から承認の書簡が届いた。確認してみたらいい。ああ、でも、それでは見られないね」

「こんなに早く？」

「書簡鳥を使っている」

鳥に書簡を入れた筒を装着した速達のことだ。

王都と領地など、離れた場所を短時間で移動できる書簡鳥は、使用料がとても高額だ。貴族でもかなり裕福でなければ使えない。こんなところにも、ディステル侯爵家の財力がうかがい知れる。

「本当に認められたの？」

問い返しながら、身体が下がるのを感じた。

「これからは、ユーリア・ゾーラ・ディステルが君の正式名だよ」

お尻に柔らかいものが当たる。

「ここは？」

「食堂だよ」

椅子に腰かけたエリアスの膝上に、横抱きに座らされているらしい。

「さて、この可愛らしい唇を少し開いてくれないか」

唇に冷たい金属のようなものが当てられたのを感じた。

「え、あの……」

口を開いた瞬間、とろりとした冷たい液体が口に流し込まれる。

「目隠しをしていては食事が大変だから、食べさせてあげよう。今のは白インゲン豆の冷製スープだよ。好きだと聞いているが、口に合うかな」

上質の白インゲン豆が深みのあるブイヨンでのばされ、クリーミーで味わい深い旨味が口の中に広がった。

確かに白インゲン豆の冷製スープは好きなスープのひとつだが、これほど味わい深いものは食べたことがない。

「お、美味しいけれど……それより、わたしが侯爵夫人になることが許されるなんて……ん……」

それも出してすぐ認められるなど、普通ではありえない。

次々と口に運ばれてくるスープを飲みながら困惑する。

「以前から申請してあったからね。戦での功績と報奨の一部を寄付したから、それで許可が早く出たのかもしれない。さて、次はこれだけど、何かわかるかな？」

スープの次はつるんとしたものが口に入れられた。

「温野菜を……ゼリー寄せしたサラダ？」

馴染みのある味である。

「正解だ。これも好きだよね？」

スープをゼリー状に固めた中に、柔らかくゆでた野菜が入っている。様々な野菜の味がスープの旨味に閉じ込められていて、口の中でそれらが混ざり合うと、とても美味しい。

とはいえ、それほど好きなわけではない。

「……これが好きだったのは子どもの頃よ……」

生野菜が苦手で、料理人が苦肉の策で作ってくれたものだとエリアスに告げた。

「そうか、ちょっと資料が古かったかな。では次の魚のポワレはどう？　ああ、羊肉のローストもあるけれど、これは今でも好き？」

次々と料理が口に運ばれてくる。

「あ、ま……待って……そんなに、食べられない」

もともと食は細い。しかも男性に食べさせられるのは恥ずかしい。

「これは失礼。少し急ぎすぎたようだ」

フォークがテーブルに置かれたような音がする。

(そもそも、どうしてわたし、こんな格好でエリアスさまに食べさせられているの?)

彼に抗議の気持ちを伝えるためだったのに、いつの間にか目隠しで食事をすることが当然のことになっている。

首をかしげたユーリアの頬に、何かの塊が当たった。

「あっ!」

首をかしげたせいで、羊のローストが頬に当たってしまったらしい。

「っと、失礼。顔にソースがついてしまった」

という言葉と共に、生温かくて濡れたものがユーリアの頬を撫でる。それがエリアスの舌であることは、目隠しをしていてもわかった。

(きゃあ!)

エリアスに顔を舐められている姿を想像すると、恥ずかしくて顔が熱くなる。そして頬がくすぐったくて堪らない。

「ん。ソースがいつもより美味しく感じるのは、君と一緒に味わうからかな」

「そんなこと……あっ」

そんなことはないと言おうとしたら、彼の舌が唇に触れてしまった。

「ここにも少しついている」

「ん……あ……」

(そこは唇だからついていないはずなのに……)

そう訴えたかったけれど、彼の唇で覆われてしまったために言えなくなった。

「ん……んんんっ……」

エリアスの舌が入ってきて口腔を探られる。何かを味わうかのように、舌が絡め取られた。

(はぁ……なんだか……)

本格的なキスへと移行していき、頭の中がぼうっとしてきた。目が見えないせいなのか、彼と触れ合っている唇がひどく感じる。

(だめよ……こんなの……)

そう思うのに、このまましばらくこうして唇を触れ合わせていたいと思ってしまうほど気持ちがいい。

(あら？)

しかし、口づけに感じているけれど、意識は支配されていないことに気づく。

(なぜ……？)

やはり彼の目を見なければ大丈夫なのだろうか。

「どうかしたかな？」

考え込んだユーリアにエリアスが気づき、唇を離した。

「き、今日は、わたしの意識をキスで支配しないの？」

思い切って質問してみる。

「ああそのことか……今は食事中だからね」

さらりと答えると、ユーリアの口に新たな料理を運んできた。どうやら力を使っていないらしい。

「次はテリーヌにしようか。その前に飲み物がいるね。我が領地で取れた最高級の白葡萄から抽出したものを味わってみる？」

グラスと思える薄いガラスが唇に触れ、冷えた液体がそっと口腔に注がれる。

「ん……っ……」

白葡萄で作られた飲み物は微かに発砲していて、ユーリアの喉を柔らかく刺激しながら落ちていく。

（これ、すごく美味しい……）

「どうかな？」

こくりと飲み込んだユーリアに問いかける。

「ええ。とても美味しいわ」

素直に答えた。

「上等なシャンパンにも匹敵する味わいだと、王都でも評判なんだ。気に入ってもらえてよかった」

嬉しそうな声で言うと、再び頬にキスをした。

また唇にもキスをされてしまうのかしらと思っていたら、予想外の刺激に襲われる。

「きゃっ！」

胸元に何か冷たいものが落ちてきたのだ。

「済まない！　クリームを落としてしまった」

（ああ、そうだったのね）

見えないと、ちょっとした刺激にびっくりしてしまう。肌の感覚がいつもより鋭くなっているようだ。

クリームは、ユーリアの胸の谷間に嵌まるような状態で落ちている。そこに、温かいものが押し当てられ、ちゅっと吸われた。

「ああっ！」

エリアスが落ちたクリームを吸って取ろうとしている。

「困ったな。落とした量が多かったから、奥に入ってしまった」

吸い切れなかったクリームが体温で溶け、胸の谷間の奥深くに落ちていくのがユーリアにもわかった。

ドレスの襟は広く開いている。コルセットが左右の乳房を寄せているので、ぴったりくっついているが、胸の谷間の部分に少しだけ隙間ができていた。クリームはそこに流れ落ちていく。

「まあ。ドレスが汚れないかしら？」

宝石をちりばめた高価なドレスだ。いくら自分用に用意してくれていたとはいえ、粗末に扱うわけにはいかない。

「そうだね。ドレスに染みてしまうかもしれないな」

「大変だわ。早く拭かないと！　あの、目隠しを取ってくださらない？」

ハンカチを胸の谷間に差し込めば阻止できるかもしれないと考え、エリアスにお願いする。

「目隠しよりもドレスを取った方がいい」

「えっ？　ドレスを？　きゃっ！」

突然身体が浮き上がって驚く。

エリアスがユーリアを抱いたまま立ち上がったようだ。

「ど、どこへ行くの？」

「ここで着替えるわけにはいかないからね」

使用人が周りに侍《はべ》っているのだからと言われてはっとする。

（そうだったわ……）

目隠しをしていて見えていなかったが、食堂には給仕をはじめとして侍女や使用人が何人も詰めていた。

その彼らの見ている前で、エリアスとキスをしながら淫らに食事をしていたことに思い至る。

（なんて恥ずかしいことを！）

大きく胸の開いたドレスに落ちたクリームをエリアスに吸われ、喜ぶような声を発してしまったことも恥ずかしい。

激しい羞恥に苛まれたが、悩む間もなく再び身体が下ろされた。

背中に当たるふわんとした感触で、そこがベッドだとわかる。

「エリアスさま？」

ごそごそとドレスを探られているような感じがした。

「着替えをするから、動かないように。急がないとドレスに染みてしまうよ」

既にコルセットにまで滲んでいるという言葉に驚く。

「本当？　では目隠しを……」

取って欲しいとエリアスに訴えるが、それよりもドレスを脱がせた方が早いからとリボンを解かれ、ボタンが外されていく。

エリアスの手で素早くドレスを脱がされてしまったのだが……。

「あの、エリアスさま！　取るのはドレスだけでは？」

続いてコルセットの紐が緩められ、パニエとともに脱がされるのを感じて、ユーリアは焦って問いかける。

「これを取らないと、中に落ちたクリームを取り除けないからね」

クリームは胸の谷間から腹部まで達していた。

「それは自分でします!」

「動かないで。ベッドに滴《したた》ったら侍女たちの仕事が増えてしまうよ」

「でも……」

「私に任せなさい」

ユーリアをどんどん裸にしていく。

目が見えないと彼の手を阻止することができない。

「こんな格好は、困るわ」

下着のドロワと靴下にガーターベルトだけの姿にされ、ユーリアは両腕で乳房を隠そうとした。

「ああ、動いてはだめだ。それではクリームがついて取れなくなってしまう」

両手首を摑んで左右に開かれた。

乳房が露わな姿で仰向けにされているようである。目隠しで見えないけれど、エリアスは自分に覆いかぶさるようにしているのではないだろうか。

(ということは、彼の眼下には……。ああ、なんて恥ずかしいの!)

彼の眼下に自分の裸体があることを想像して、羞恥に顔が耳まで熱くなる。

「このまま拭き取ればいいのだが、誰かに布を持って来させたら君の美しい身体を見られてしまうね」

　ここに入って来る時に、使用人たちに扉を閉めて二人だけにしてくれと命じていた。だからユーリアのはしたない姿はエリアス以外には見られていない。だが、今入って来られたら見えてしまう。

「それは嫌」

　食堂でのキスを見られただけでも多大な羞恥に苛まれたのだ。こんな姿は絶対に見られたくない。

「では、こうするしかないね」

　乳房の間に、温かく濡れた感触がした。

「あっつ！」

　エリアスの舌が乳房の間を舐めている。

「そんな……こと……んっ」

　舌は左右の乳房の内側を丹念に舐めていく。

「んっ、あっ、そこはっ！」

　右側の乳首に舌先が触れる。昨夜馬車の中で経験したような、快感だとはっきりわかる刺激が伝わってきた。

「ここにもついている。両腕で押さえてしまったから、クリームが胸全体に広がってしまったね」

舐めながら説明される。

「はぁ、そ、そうだけど……んっ、そんなに……舐めたら」

乳首や乳輪、乳房の内側から下側へと、エリアスの舌が移動していく。不規則な刺激は、淫らな快感を増幅させた。

「でも、こうしないと綺麗にならない」

乳輪から乳首の先端まで舌が移動する。

「は、あぁっ……」

舐められる刺激で乳首が硬くなっていく。

「ああ……だめ……それ……」

勃起した乳首の側面を執拗に舐められ、悶えながら首を振った。

「ん？　だめ？　こんなに勃っているのに？」

「ひっ！」

舌先が離れ、強い刺激を感じる。指で乳首を摘まれたらしい。

「あぁんっ、か、感じる……」

「感じてしまったから、だめなのか……。変だね」

笑いを堪《こら》えるように言うと、反対側の乳首にエリアスの舌がまとわりつく。

「はぁ、あぁ、それ、あんっ、感じる……」

右側と同じく、勃起した乳首を丹念に舐められた。しかも摘まんだままの右の乳首は、指の腹で捩るように刺激され続けている。

感じて身体がビクビクと痙攣し、乳房が揺れた。

「少し堪えておくれ、まだクリームが残っている。ああ、下腹部まで伝ってしまった」

乳首から離れた舌が、胸の谷間からみぞおちにかけて移動する。

「あ、あ、そこ……弄るの……」

舌が離れた乳首は右と同じく指で摘ままれ、捩るような刺激が与えられていた。

感じすぎて恥ずかしい。

だけど、やめてほしいのに、自由になっていたユーリアの手はエリアスの手を振り払えない。

それどころか、もっと刺激が欲しいとさえ思ってしまう。

(なぜ?)

今は意識を支配されているわけではない。身体も自由に動く。嫌だという言葉もちゃんと言えていた。

なのに、エリアスに触れられているのが気持ちよくて、流されてしまう。

目や言葉で他人の意識を支配する他に、触れた相手を感じさせる力のようなものも彼にはあるのだろうか。

(どうしてこんなに感じるの？　おかしくなってしまいそう……)

エリアスの舌と指に感じさせられ、意識が快楽を追いかけるのに夢中になってきた。

寝室に恥ずかしい喘ぎ声を響かせてしまう。しばらくその状態で悶えさせられ、やっと乳首から手が離れた。

「あ……」

ほっとしたが、刺激を失った身体がむずむずしている。中途半端に上げられた熱に困惑していると、

「ここも濡れているね」

という言葉が聞こえてはっとする。

（わ、わたしったら、なんという格好を？）

いつのまにかドロワも靴下も脱がされていて、ほぼ全裸にされていた。しかも、自分の体勢が普通ではない。

「ひ……っ！」

仰向けで両膝を開いて持ち上げられているようだ。

「エ、エリアスさま、なにをっ！」

狼狽しながらエリアスの名を呼んだ。しかし返事はなく、ちゅっという音と共に秘部に鋭い刺激を感じた。

「あぁっ！」

ビクンッと身体が跳ね、熱を帯びた快感が背筋を駆け上がる。

「ここはクリームではなく蜜に濡れているみたいだね」

エリアスは吸い付いていた淫芯から唇を離すと、舌先で秘唇《ひしん》をなぞり舐めた。

「は、そんなところ、舐めてはっ、あ、やあっ……！」

乳首に与えられていたのとは違う、熱いくらいの快感が断続的に伝わってきた。しかし舌の動きは止まらず、淫猥に秘部を舐めている。秘唇をなぞり淫芯に到達すると、後孔まで戻っていく。

「あぁっ、や、そこ、やぁあっ！」

ユーリアはたまらず背と首を反らし、嬌声を発してしまった。

「感じているのに嫌なの？　君のここ、蜜が滴るほど溢れてきているから、こうして綺麗にした方がいいよ」

舌全体で秘唇を舐め上げられる。

「ひ、あぁん……っ。でも、そこは汚い……し、恥ずかしい……うっ、あぁ……っ」

断続的にやってくる官能的な刺激に、はしたなく悶えながら訴えた。

「汚くないよ。美味しい。それに、君が感じている姿も可愛いし魅力的だ。もっと感じさせたくなる」

感じて勃起した淫芯を、舌先で円を描くように刺激しながらエリアスが答える。

「はぁ。あ、可愛い……？」

こんなはしたない姿が可愛いのだろうかと、喘ぎながら首をかしげた。

「可愛いよ。可愛すぎて、すごく困っている」

「困って？　……うっ！」

秘部から舌が離れ、代わりにエリアスの指と思えるものに秘唇がなぞられる。

「今宵はそんなつもりはなかったのに、ここに挿れたくなってしまうほど、君が可愛い」

ユーリアの耳元でエリアスが吐息混じりに囁く。

「えっ！　あんっ」

驚くユーリアの秘唇がエリアスの指先で開かれた。

「こんな風に、私を挿れて……君とひとつになりたい」

少し掠れた色気を感じさせる声にドキッとする。挿入ってきた彼の指に蜜壺の内部が収縮し、淫らに反応したのを自覚した。

「ああぁ、エリアスさま、そこは。ああんっ」

指が奥まで侵入してくると、中から熱い快感が溢れてくる。

「蜜でいっぱいだ。しかも色っぽく締め付けてくる」

挿れた指を抽送させながらユーリアの耳を舐めた。

「や、恥ずかし……あん、感じる、やあぁ……」

「嫌と言いながら、腰が揺れているよ。でも、目隠しをしているから見えないね」

（こんなはずでは……）

強引なエリアスに抗議をするため目隠しをしたというのに、彼の手管《てくだ》にあっさりと弄《ろう》されてしまっていた。

その上、見えないからか意識が蜜壺に集中し、更に感じてしまっている。このまま昨夜と同じくされてしまうのかと思っていたが……。

「ああだめだ、これ以上はいけない……っ！」

咎めるようにエリアスが叫んだ。

「あぁっ……んっ」

蜜壺に挿れていた指が抜かれ、ぎゅっと抱き締められる。

「あ……」

（エリアスさま……？）

ユーリアの額にエリアスの頬が当てられていた。

「これ以上君に嫌われることをしてはいけないね。昨夜はどうしても私の妻にしたくて強引にしてしまったが……今は反省している」

「反省？」

エリアスが口にした言葉に驚く。

「君が目隠しをしている姿を見てからずっと、こんなことをするほど私を嫌っているのかと、苦しく感じていたよ……」

表向きは普通に接していたが、食事の間もずっと思い悩んでいたとため息をついた。

「エリアスさま？」

彼の表情は見えないが、かなり意気消沈しているみたいである。

「だから目隠しを取らず、意識も操らなかったの？」

「そうだよ。妻になってくれただけで十分だからね。今後は自分の欲望を満足させるために、君の意思を無視するようなことをするのはやめようと思った」

そこまで言うと、ふっと笑うような音が聞こえた。

「そう決心したのに、君の可愛いさにやられて、気づいたらこんなふうに暴走してしまっていた」

はぁ、と困ったようにまた息をついている。

（わたしをそんなにも？）

ユーリアを玩具にしているのではなく、真剣に思っているということだろうか。

親を亡くした身分の低い娘を手玉に取り、余裕たっぷりに弄んでいるのだと思っていたが、そうではないようだ。

「私の妻になってくれた君を、これからはもっと大切にしたいと思っている」

（わたしは妻になることを承諾してはいないわ。だけど……）

これからはユーリアの意思を大切にしてくれるというのなら、この強引な結婚についてきちんと話し合えるかもしれない。

「今後はわたしに術をかけないと約束してくださる？」

「もちろんだよ」

エリアスの返事にほっとする。

「それなら、この目隠しを外してもいいわ」

ユーリアが告げると、抱きしめられていた腕が緩んだ。

「ああ、よかった。これで君の美しい瞳を見ることができる。もう一生顔を見せてもらえないかと思ったよ」

嬉しそうにエリアスは目隠しのリボンを外している。

「大袈裟《おおげさ》だわ……」

目隠しが外れた。しばらく視界がぼんやりしていたが、次第にはっきりしてくる。

「えっ？　きゃあっ！」

全裸でベッドに寝ている自分の姿に気づき、声を上げた。

（なんてことなの！）

身に着けているのは首飾りだけで、その姿をエリアスが上から見ている。

「や、見ては嫌！」

焦って胸を両腕で隠して横を向く。目隠しをしていたせいで、自分のはしたない姿を失念していた。

「あ、そうだね」

済まないと横を向き、ユーリアの上から姿を消す。

「侍女に着替えを持って来させよう」

ベッドサイドにあるガウンを手に取り、ユーリアの身体にかけながら言う。

「だ、大丈夫よ。自分で衣裳部屋に行くわ」

ガウンの袖に手を通しながら答える。

この寝室の隣は侯爵夫人の居間で、その向こうに衣裳部屋がある。しっかりした厚手のガウンなので、そこまでくらいは行ける。

ガウンを着てベッドから下りようとしたところ、

「あ……っ！」

ずくっと身体の芯を何かが走った。

「ユーリア？」

前屈みになって立つユーリアに首をかしげる。

「な、なんでもないわ」

慌てて平静をとりつくろう。

（身体が……）

たっぷり刺激され、中途半端に快感を奪われてしまった身体が疼いていた。でも、そんなはしたないことを知られたくない。

「き、着替えてくるわ」

身体の疼きから目を逸らすように、速足で歩き始める。

「あっ、そこは違うよ」

ユーリアが開いた扉は、侯爵夫人の居間には繋がっていなかった。

「あ、あら……ごめんなさい」

そこは物置のような部屋で、ぎっしりと物が詰まっている。

(すごい荷物。天井まで届いているわ)

木箱や置物や銅像まで入っていた。

「この銅像……エリアスさま?」

扉を閉じようとしたけれど、目に入った銅像が美しかったので見入ってしまう。鎧を身に着けて剣を持ち、馬に乗っていた。

戦場で凛々しく戦う姿のようである。

「以前奪還した地域の領民から贈られたものだ」

後ろからやってきたエリアスが答えた。

銅像の台座にも、外国に侵略されて酷い目に遭っていた領民を、エリアスの軍隊が救ってくれたと記されている。

他にも、戦勝記念の盾や祝いの品と記されているものが詰まっている。

「古いものもあるのね。このお部屋に入れたままで飾らないの?」

中佐時代と思われる銅版画などが無造作に立てかけられていた。そういえば、こういう戦に関係するものは、屋敷のどこにも飾られていない。

「戦って領民を守るのが私の仕事だ。それに対しての褒賞は陛下から授かる勲位だけで十分だよ」

　そこまで言うと、エリアスは目を伏せた。

「それに、戦の匂いのするものを屋敷の目につくところに置きたくない。これらを見ると、思い出してしまうからね」

　軽く眉間に皺を寄せる。

「戦は大変でしたのね」

「そうだね。だが、父上も若くして戦地に赴き、敵を倒して領民たちを守ってきた。ディステル侯爵家を継いだ私も同様にしなくてはいけない」

　難しい表情でエリアスが告げた。

「そうなの？　お父さまと同じでなければいけないの？」

「もちろんだよ。父のような侯爵になるのが私の理想であり目標だ」

　自分に言い聞かせるような感じで顔を上げ、ユーリアに答えた。

「でも、ここに入れたままなのはもったいない気がするわ。せめて専用のお部屋に飾ったらいかがかしら」

　感謝のしるしとして贈った領民たちも、仕舞い込んだままではがっかりするのではないだろうか。

「それも考えたことはあるが……。戦では多くの兵が死傷している。国から遺族年金や傷病者手当が出ているとはいえ、夫や親を亡くした者は楽ではないだろう。彼らのことを思うと、これらを飾る気にはなれなくてね」

　左右に首を振った。

「エリアスさまはお優しいのね」

「優しくなどないよ。それでは戦で勝つことはできない。戦場では相手を倒すことだけを常に考え、非情な振る舞いを数多くしている」

　顔を顰めてエリアスは言った。

「ただ、死傷者を出すような戦い方がいいことだと思ってはいない。話し合いなど他の方法で解決できればいいのだが……」

　簡単にはいかないと首を振る。

（本当は戦いなどしたくないということ？）

　もしそうだとしても、侯爵家の人間が言ってはいけないことなのだろう。貴族は国のため、王のために戦う使命を帯びているのだ。

（でも、よかった……）

　エリアスが下々のことなど考えない、傲慢で好戦的な人間でないことにほっとする。

「でも、これはこのままずっとここに仕舞っておくの？」

　それはそれで良くない気がする。

「そうなるかな。感謝の気持ちを他の者にあげるわけにはいかないからね。ああでも、宝石や貴金属、価値の高い置物などもあるから、気に入ったものがあれば君にあげるよ。私の妻が使うのなら、彼らも喜ぶだろう」

　どうぞというふうに手を部屋の中に向けた。

「いいえ、わたしには恐れ多いものばかりだわ」

　首をすくめて断る。ここから見えるものでも、大粒の宝石のついた杖や宝冠、金細工の置時計など絢爛豪華《けんらんごうか》なものばかりだ。ユーリアが気軽に使えるものなどない。それに自分は、エリアスの妻になることを承知していないのだ。

「そうだわ。基金を作って、困っている方にお渡ししたらどうかしら？」

　ふと閃いて提案する。

「基金を？」

「ええ。生活に困っている負傷者やご遺族にお分けすれば助かると思うわ。それなら、寄贈した方々も納得してくださるのではない？」

　ユーリアの言葉を聞くと、エリアスはぱっと明るい表情を浮かべた。

「基金とはいい考えだね。ここにしまい込んでいるよりずっといい」

「そうでしょう？」

「本当に素晴らしい案だよ」

　明るい笑顔を向けてユーリアを見下ろす。何度も見てきた作り物のような笑顔ではなく、生き生きと輝いていた。

「喜んでもらえてわたしも嬉しいわ」

「やはり君は私にとって最高の伴侶だ」

彼の腕が伸びてきて、ユーリアの身体を抱き締めた。

(きゃっ!)

これまで何度も抱き締められているけれど、やはり驚いてしまう。

「エ、エリアスさま……」

戸惑いながら名前を呼ぶ。

「ごめん。つい感動して……」

エリアスは謝罪するけれど、離してはくれない。

「少しだけ、このままでいさせてほしい」

お願いだと囁かれた。

「え、ええ……」

エリアスの妻になる気はないのだから、こんなことは断らなくてはいけないのに、拒否できず、承諾してしまった。

「ありがとう。すごく嬉しいよ」

ユーリアを抱き締める腕に力が込められる。とはいえ、苦しくないように配慮されているようで、辛くはない。それどころか、身体の芯がほんわかと温かくなるような気分になってきた。

(なぜ? わたしはエリアスさまから何か術をかけられているの?)

そういう気配はなかった。

意識はしっかりしているし、普通に考えられる。今の状態なら、エリアスの胸を押して彼を押しのけることさえ、できそうだった。

だけど、それをする気になれない。

「こうして君を抱き締めることができるなんて、夢のようだ」

甘い言葉を囁かれる。

「そんなにわたしを好きなの？」

エリアスの腕の中で問いかけた。

「君を知れば知るほど好きになって、困っている」

切なげに訴えられる。

（わたしのことを知って……困るほど好きなの？）

彼の告白に心が揺さぶられた。こんなふうに誰かから求められたのは、生まれて初めてかもしれない。

エリアスの言葉は、ユーリアの心の奥の方に響いてくる。低い声で切なげに囁かれると、何もかも許せてしまいそうだ。

（だ、だめよそんなの！）

強引に妻にされ、屋敷に閉じ込められていることを自分は怒っているのだ。どんなに昔憧れた人であっても、許せるものではない。

安易に流されてはいけないと自分の心に言い聞かせた。

でも……。

「こうしていられるだけでも、十分幸せだ」

エリアスの口から甘やかな言葉が聞こえてくる。

「あ……」

彼の吐息が首筋にかかり、ぞくりとした。

その刺激が呼び水となったのか……。

(うっ……!)

身体の奥にある熱の塊が、ドクンと大きく脈打った。続いて、下腹部からもどかしい熱がせり上がり、発生した熱が淫らな疼きに変化していく。先ほどエリアスから刺激され、官能を高められたまま放置された身体が、再び目覚めたみたいだった。

(い、いけないいわ)

いくら純潔の乙女でなくなったとはいえ、吐息が首筋にかかっただけで発情するなど、はしたなさすぎる。

淫らに疼き始めた身体を治めようと、肩をすぼめて手を握り締めた。

「ん？　苦しかった？」

ユーリアの行動に気づいたエリアスが、腕を緩めて顔を覗き込む。

「い、いいえ、大丈夫」

震えるように首を振ると、エリアスは苦笑しながらユーリアの頬に手を当てた。

「顔が赤いね。長く抱き締めすぎてしまったかな？　どうも私は、甘い菓子のような君に触れると我を忘れてしまう」

指先で頬を撫でながらユーリアに告げる。

「わたしは、お菓子……なの？」

頬に触れられる刺激にも反応し、身体をもぞもぞしながら問いかけた。

「私にとって君は、最高級の宝石であり、最上級の料理であり、極上の菓子でもあるよ」

たっぷりと甘い言葉で答えてきた。

「ああ、菓子で思い出した。今晩のデザートはブラマンジェだった。食べたいと言っていたよね？」

「ブラマンジェ……わたしのつぶやきが聞こえていたの？」

かなり驚いて問い返す。

「聞き取りにくかったけれど、おそらくそうだと思ってね。正解だったようでよかった」

ほっとした表情で微笑んだ。

「でも、ブラマンジェを作れる料理人がいらしたの？」

「先ほど領地を回るついでに、菓子工房に寄って作らせた。後でこの部屋に運ばせよう。君の好みの味だといいのだが」

（あの時のつぶやきを覚えていただけでなく、わざわざ手配してくださったなんて……）

「あと、君のご両親の墓に、毎週新しい花を供えるようにしてある。勝手に手配してしまったが、良かったかな？」

「まあ。もちろんよ。ありがとうございます」

彼の細やかな思いやりに感動してしまう。

あんな曖昧なつぶやきを気に留めて、わざわざ外出先でブラマンジェを手配し、遠い地にあるルバルト伯爵家の墓に花を供えるようにしてくれた。手間も費用もかかることであり、軽い気持ちでできることではない。

(そこまで私を想ってくださっているということ？)

心がぐらりとエリアスに傾いたのを感じた。しかしその時、ベッドの横に落ちているリボンが目に入ってはっとする。

(……そうだわ！)

エリアスはまたしても、自分の意識を操作しているのではないだろうか。甘い言葉を囁き、彼に絆《ほだ》されるようにしているのかもしれない。

騙されてはいけないと彼の顔を見上げるが、優しい眼差しをこちらに向けているだけだった。

ユーリアの気持ちを強引に支配しようとした時の、作り物のような笑顔ではない。それに、今は頭の中もはっきりしている。

「そんなに見つめないでくれ……」

じっとエリアスの顔を見ているユーリアに、困惑顔で告げた。

「エリアスさまを見てはいけないの？」

「先ほども言った通り、君は私にとって甘い菓子と同じだからね。そんなふうに見つめられたら、我を忘れて貪ってしまいそうなんだよ」

苦笑しながらユーリアに答えると背を向けた。

「ああそうだ」

ベッドの方を向いたエリアスは何かを思い出し、サイドテーブルの方へと歩いていく。テーブルの上にのせられている小箱の蓋を開いて、中から小さなものを取り出した。

「先ほどヤーコフから渡されたのだが、馬車の床に落ちていたそうだよ」

エメラルドの指輪をユーリアに見せた。

「まあ、形見の指輪が見つかったのね！　馬車の中で落としたみたいだから、ヤーコフに捜してもらっていたの」

「形見？」

「ええ。母の形見よ。ブルム伯爵邸で開かれていたオークションに出したのだけれど、落札されなくて……」

指輪を受け取ると、残念そうな顔で見つめた。

「母上の形見なのに手放してしまうのか？」

「お母さまを少しでも早くお父さまの隣に埋葬してあげたかったの。エリアスさまのおかげでそれが叶って感謝しているわ。……あの、これでは全然足りないと思うけれど、立て替えてくださった埋葬費の一部として、受け取っていただけないかしら」

指輪を載せた手のひらをエリアスに差し出す。

「埋葬費のことは気にしなくていい。それに、形見の指輪なのだから君が大切に持っていたほうがいいよ」

エリアスは手のひらから指輪を取ると、ユーリアの指にすうっと嵌めた。

「少し緩いね。職人を呼んで調整させよう」

「これ以上お世話をかけるわけにはいかないわ」

「君の大切な人の思い出の品だ。また落としたりしたらいけないだろう？」

「え、ええ、そうだけれど……」

うつむくと、指輪を嵌めた手をエリアスがそっと握る。

「私も君と同じく両親を亡くしているから、気持ちはわかる……」

指輪を見つめてつぶやいた。

「生前どんなに尽くしたと思っていても、亡くしてしまうと足りなかったと後悔することがいくつも出てきた。せめて、今の自分がしてあげられることがあるのなら、できるだけ叶えたいと思ったよ」

揃ったまつげを上げてユーリアを見る。

「だから、君がこれを手放してまで母上を早く埋葬したかったのはわかる。でも、急ぐあまり思い出の品まで手放してしまったら、この先きっと後悔するよ」

「後悔……」

宝飾品換金所に持って行ったら、石は台座から外され残った台座も熔《と》かされる。新たな宝飾品として加工され、二度とこの指輪を手に入れることはできなくなるだろう。

「後悔して悲しむ君の姿を、私は見たくない」

「エリアスさま」

見開いたユーリアの視線から逃れるように、再びエリアスは目を伏せた。

「父上と母上を相次いで亡くして、悲しくて辛かったと思う。君が辛い思いをしている時に、側にいてあげられなかった自分が情けなくて堪らないよ」

眉間に皺を寄せて悔しげに吐露する。

「エリアスさまは悪くはないわ」

「もっと早くタイスの位を得て君に求婚していれば、辛い時に側にいてあげられたかもしれないだろう？」

「もっと早くって……。今でも十分異例の早さだと伺っているわ」

「そうだね。タイスの位を得るのに時間がかかるのはわかっていたから、婚約の申し込みだけでもしに行けばよかったのだと思う。そうすれば、君の大変な時に寄り添えたし……今になって強引に妻にして嫌われるようなこともなかった……」

辛そうな表情を浮かべた。

「それは……そうかもしれないわね」

もっと前から交流していれば、お互いの気持ちや立場を理解し合え、その上で婚約するなり諦めるなりエリアスも納得できたと思う。

「私は、自信がなかったんだ」

うなだれてエリアスがつぶやいた。

「えっ」

ユーリアは首をかしげる。

容姿も家柄も功績も、誰よりも素晴らしいものを持っているエリアスの、どこに自信がないというのだろう。だが、目に映る彼の顔には、真剣に悩んでいるという表情が浮かんでいて、冗談ではないようだ。

「こんなことを君に告白したら、もっと嫌われてしまうかもしれないが……。実は……私を産んだのは亡きディステル侯爵夫人ではないんだ」

途中で一度小さく息を吐き、思いきったようにエリアスが告白する。

「あなたのお母さまは、侯爵夫人の他にもいるということ？」

「そうだよ。父のルイス・ゾーラ・ディステルの愛妾《あいしょう》であった女性が、私の実の母親だ」

顔を上げてエリアスが答えた。

「初めて知ったわ……でも、そんなことであなたを嫌いになったりしないわよ？」

「侯爵家の血が半分しか流れていなくても、君は気にならない？」

「ええ。別に、こだわりはないわ。ただ、ちょっと驚いたけれど……」

エリアスは五貴族の末裔の血を引く両親の間に生まれて、家柄も財産も頭脳も容姿もすべてに恵まれた環境で育ったのだと思っていた。

「エリアスさまの本当のお母さまは、今はどこに？」

「私を出産後、すぐに屋敷から出て行ってしまった。亡き侯爵夫人は子どものできない身体だったから、いずれ私が侯爵家を継ぐことになる。自分の存在が私の将来に影響するのを懸念してのことらしい」

「そう……それは辛かったでしょうね」

生みの親を知らぬエリアスも、産んだ子と別れねばならなかったエリアスの母も、どちらも辛かったに違いない。

「私が生みの母が別にいることを知ったのは、実母だと思っていた継母が亡くなった時だった。その時に初めて、なぜ自分には五貴族の能力が薄く他の上級貴族から訝しく思われているのかが理解できた」

（可哀想なエリアスさま……）

亡くなったのはユーリアと出会った頃に違いない。当時母親の具合が悪いと言っていたから、あのあとすぐのことだったのだろう。

「まあ、それはショックでしたでしょう」

母親を亡くした悲しみの中、血の繋がりがなかったことを初めて知るという衝撃に襲われたのである。

当時のエリアスの気持ちを考えると、胸を絞られるような苦しさを覚えた。

「爵位認定委員会から、血筋に問題があって侯爵に相応しくないと判定されれば、爵位は奪われてしまう。私のそんな事情を知ったら、君は結婚などしてくれないと思った。それで、知られる前に急いで妻にしてしまったんだ」

事情を理解したユーリアの前で、エリアスが頭を下げた。

「だからあんなに強引にしたのね」

「どうしても、君を妻にしたかった。済まない」

頭を下げたまま謝罪の言葉を口にする。

(そこまでわたしを思ってくれていたなんて……)

後悔に苛まれているエリアスの姿は、ユーリアの胸に強く訴えかけるものがあった。

ユーリアの気持ちを無視して強引に妻にするような彼は嫌だったけれど、今のエリアスはとても誠実な青年に見える。形見の指輪を大切にするように言ってくれた時は、優しさに感動したし、自分を心の底から愛してくれていると感じたのである。

「エリアスさま……」

ユーリアは思わず彼に抱き付いた。

「ユ、ユーリア？」

エリアスが驚いたように名前を口にする。正気のユーリアが、自分からエリアスに抱き付いたのは初めてだった。

「本当に、わたしを愛してくださっているのね？」

恥ずかしいので彼の胸に顔をつけたまま質問する。

「え？　ああ、もちろんだよ。私は君だけを愛している」

ユーリアの背中にそっと手を当てて答えた。

「もう、勝手に術をかけたりしない？」

「それは約束する」

「それならわたし……」

エリアスの背中に回した手で、きゅっと彼の上着を握り締める。

「それなら？」

言葉を途切れさせたユーリアにエリアスが問いかける。

「それならわたしは、あなたの妻になってもいいわ」

侯爵の妻になることには今も抵抗があるけれど、好きな人を愛し、愛されて生きていけるのなら、それが幸せに違いない。

「なんだって！」

ユーリアが言い終わるとエリアスが叫んだ。

「本当に？　本当に私の妻になってくれるのか？」

「ええ。そこまで思ってくださるのなら……いい……っ」

今度は思い切り抱き締められる。

「ありがとう。こんなに嬉しいことはないよ。神に感謝したい」

（あ……っ！）

エリアスの腕の中で、胸が再び大きく脈打った。

「君が私の妻になってくれると決心してくれるとは……。ああ、でも、すごく苦しい」

声を詰まらせて言う。

「苦しいの？」

驚いて彼の胸から顔を上げる。

「こんなに嬉しいことを言われて、君が腕の中にいるのに、これ以上のことは堪えなくてはいけないからね」

「どうして堪えるの？」

「君の意思を尊重したいからだよ」

強引に無理矢理するのはやめたのだからと答えた。

「い……いいわ……」

思い切ってエリアスに告げる。

「うん。君がいいと言ってくれて私も嬉しいよ」

ユーリアが妻になることをいいと言っていると思ったらしい。

「ちが……う……。エリアスさまと、……ひとつになっても……いいわ」

先ほどから、身体も心も疼いていた。これはお互いがお互いを求め合っているからかもしれない。

「えっ？」

再びエリアスがユーリアの顔を覗き込んだ。

「もう一度聞かせて？」

「に、二回は言えないわ」

昨日の夕方まで純潔の乙女であったのだ。そんな恥ずかしいこと、何度も言えない。

ユーリアは顔を背ける。

自分の顔が耳まで真っ赤になっているのはわかった。

「ほんとうに？　いいの？」

確認の質問に、ぎこちなくうなずく。

「ああ、夢のようだ！」

「きゃっ！」

すぐさま抱き上げられ、エリアスの足がベッドへと向った。


指ではないものが秘唇に押し当てられた。

「あ、あぁ……くっ……」

ぐちゅっという蜜の音とともに、激しい圧迫感に襲われる。

(くるしい……)

待って、という声を発する前に、熱棒がぐぐっと奥へ押し込まれる。

「ひ……あ……ぁあっ」

もたらされた痛みに悲鳴が上がり、ユーリアの顔が歪んだ。

「あ、済まない。少し……焦ってしまった……」

「あせ……た? う、くっ、痛……いぃっ」

昨夜も初めは痛かったのを思い出す。

痛みで気を失い、そのあと、痛みで覚醒し、エリアスに口づけをして繋がりが深くなると痛くなくなるという術をかけられたのだ。

今日は術をかけられていないからか痛い。

(でも、術で感じたくないわ)

心も身体もしっかりと自分の意思を持って抱かれたい。

エリアスも配慮してくれていて、奥まで挿入したまま動かずにいてくれる。

蜜壺がたっぷり濡れていたせいもあるのか、次第に痛みが薄れてきた。

「ああ。君の中はなんて気持ちがいいのだろう」

彼の感嘆の声が聞こえた。

「……いいの？」

ユーリアを抱き締めたまま動かずにいるのである。これだけでいいとは思えない。

「とてもいいよ。すごく幸せだ」

しかし彼から、真剣な返事が戻ってくる。

「幸せ？」

「うん。今すぐ天国へ行ってしまってもいいと思うほど幸せだよ」

「お、大袈裟だわ」

「本当だよ。君を妻にして抱くことで、私の願いの大半が叶ったのだから……」

願いの大半とは、やはり大袈裟ではないかと思ってしまう。

「あ……」

唇に湿った温かさを感じた。エリアスが舐めている。

「ん……う……」

唇が塞がれ、キスが始まった。

（ああ……どうしてかしら、中が、あ、熱い……）

口づけているだけなのに、エリアスと繋がっている場所が熱を帯びてきた。

これも彼の術なのかと思ったが、術はもうかけないと約束してくれている。

「中が熱いね。それに濡れてきている？」

エリアスの言葉にびくっとする。

(わ、わかってしまったのかしら)

まだ彼と交わるのは二回目だ。なのに、中が感じて熱を帯びているなど、はしたない反応だと思う。

「そんなこと、ないわ」

首を振って否定するけれど、蜜壺の中の温度が上がっていくのを自覚していた。

「濡れているよ。ほら」

エリアスが軽く腰を揺らすと、ぐちゅっという淫らな音がユーリアの耳に届く。

(いやぁっ!)

感じて濡らしていることがはっきりとわかる音だ。しかも、動かされたら痛いはずなのに、痛みではないものが中から発生している。

「聞こえなかった?」

羞恥に言葉を失っていたのだが、蜜音が聞こえなかったのかと誤解したエリアスが、再び熱棒を動かした。

「あ、あぁんっ!」

一度目よりも強い官能が、ぐちゅぐちゅという淫らな音と共に襲ってくる。

「痛かった?」

大きな声を上げたユーリアへ心配そうな声がかけられた。

「ち、ちがう。中、あっ……どうして……あぁっ……」

今の刺激がもっと欲しいとばかりに、ユーリアの腰が勝手に揺れる。

「う……中が締まったけれど、これは、感じているから、だよね？」

少し苦しげな声が聞こえた。

「ちが……あぁ、だめ、やあぁっ」

淫らに下半身をくねらせてしまった。

挿入されているエリアスの熱棒を味わうかのように、中が収縮している。快感に拍車がかかり、さらにいやらしく腰が揺れた。

（だめ、こんなことで感じてはいけないわ。が、我慢しなくちゃ）

なんとか落ち着きたいのだが、意識がどうしても蜜壷に集中し、中も腰も自然に動いてしまう。

「いいと言ってくれないかな。そうでないと、私から動かすわけにはいかない。実はかなり苦しいのだが」

苦笑混じりの声で請われた。

（……苦しいの？）

確かに、挿れただけで動かずにいるのは苦しいだろう。

ユーリアの身体でさえ、快楽を貪ろうと悶えているのだ。

苦しそうなエリアスの雰囲気と、昨日とは違う思いやりのある態度に切なくなる。

「エリアスさま……」

手を伸ばすと、彼の肩に届いた。首筋に抱き付くようにしがみつく。

「い、いいわ……う、うごかして……」

恥ずかしさを堪えて告げた。

「ありがとう。愛する君と一緒に快楽を得られて、とても幸せだ」

エリアスの身体が揺れ、ぬちゅっと蜜の音が聞こえる。

(わたし、愛されているのね)

快楽と幸福が一気に押し寄せてくる。

「あぁっ」

快感の熱が蜜壺に発生した。ぐちゅぐちゅと連続して聞こえてくると、全身に快感が伝わっていく。

「いい？」

「ん、いい、いいわ。……あぁ、中に……エリアスさまが……ああんっ」

「私もいいよ。昨夜の君も魅力的だったが、今の君はもっと素敵だ」

エリアスが発する賞賛の言葉に乗って、ユーリアに快楽が運ばれてくる。

(信じてもいいのよね)

エリアスから与えられる快感と甘い言葉に、心身ともに溺れそうだ。

しかし、こんなことで絆されていいのだろうかと思う冷静な自分もいるが、これだけ愛されているのだから頑なになる必要はなく、素直に彼を受け入れればいいと反論する自分

もいた。

「エリアスさま……わ、わたしを……、好き?」

喘ぎながら問いかける。

背中に回っているエリアスの腕に力が入った。

「好きだよ。君だけが好きだ。愛している」

強く抱き締められ、蜜壺の奥深くへと熱棒を押し込まれる。

「は、あぁっ、んんっ……れ……しい……」

彼の熱を受け止め、ユーリアは幸福な快楽に溺れた。

(わたし、エリアスさまの妻になるわ)

7

ユーリアはエリアスの妻になり、ディステル侯爵家で侯爵夫人として生活することとなった。

ディステル侯爵家は裕福で、上級貴族の中でも上位に位置する名門である。夫は誰もが認める素敵な侯爵で、ユーリアに盲目的ともいっていいほどの愛情を注いでくれていた。

侍女も使用人たちも人柄が良い者ばかりで、たまに家令のヤーコフが、

「ディステル侯爵夫人の心構えといたしまして……」

と、厳しい注文をつけてくるくらいだ。厳しいとはいえ、それはユーリアに必要なことなので、素直に受け入れている。

王都にある侯爵家の屋敷で暮らすようになれば、他の上級貴族たちとディステル侯爵夫人として付き合わなければならない。伯爵家に生まれ育った自分には、初めて知ることも多々あった。

（こんなにたくさんの名前を覚えなくてはならないなんて……）

上級貴族名簿を前に、ため息をつく。

王族、公・侯爵の数は、それほど多くはない。だが、彼らの配偶者や子ども、孫、子どもの配偶者、孫の婚約者などまで名前を覚えなくてはいけないのである。

五貴族の血を引く上級貴族の名前を知らないのは、相手を侮辱していると取られかねない。そんなことも知らずに王都の夜会に出席したら、恥をかくだけでなくエリアスにも迷惑をかけてしまう。

(そういえばお母さまは、誰かとお話しするときは必ず名前を呼んで握手をしていたわ)

母の実家であるバーロス侯爵家で開かれていたパーティーでのことを思い出す。母は侯爵家出身らしい優雅な身のこなしと知的な会話で、上級貴族の夫人や令嬢たちの中にいても輝いていた。

家に戻った時にそのことを褒め称えると、

「わたくしはとても小さなころから厳しく躾けられたの。だから嫌でも身についてしまったのよ。上級貴族の生活はしきたりや決め事が沢山あって、とても窮屈なものだったわ」

「だからお母さまは、伯爵のお父さまと結婚したの?」

侯爵家から伯爵家へ嫁ぐのは珍しいことだということは、当時幼かったユーリアも知っていた。

「あなたのお父さまとの結婚は運命だったわ。でもね、侯爵家の決め事から逃れられて、ほっとしているところはあるの。この国は身分が上に行けば行くほど、女性にとって窮屈になるわ。結婚を申し込んできた相手が身分相応で貴族管理院が認めてしまえば、あまり好きな相手でなくとも、嫁ぐように両親や親戚から命じられてしまう。個人の意思など考慮してもらえないことが多いの」

「そうなの？」

好きではない相手と聞いてユーリアはヴィリーを思い浮かべる。あの意地悪な少年と結婚しろと命じられたら……想像しただけで背筋が凍りつくほどぞっとした。

「大変な思いをしても、相手の方を心から愛しているなら乗り越えられるわ。でも、結婚相手は家柄や位で決まってしまうことが多いし……跡継ぎを作らなくてはならないこともあって、上級貴族の男性は愛妾を持つことも珍しくないから……」

「あいしょうってなあに？」

ユーリアの質問に、母ははっとした。

「あ、そ、それはまだ知らなくていいのよ。とにかく、あなたは伯爵家の人間なのだから、そんな苦労はしなくていいの。普通のことが身に付いていればいいのよ。そして、自分が好きだと思う方と幸せになりなさい」

優しい笑顔を浮かべてそう答えたのだった。それもあって、侯爵など上級貴族と結婚するものではないと、ユーリアは思っていたのである。

なのに今、ユーリアはエリアスの妻になり、ディステル侯爵夫人になることを受け入れてしまった。貴族管理院からも認められている。

（だって……）

エリアスから本当に愛されていて、そして自分も彼を愛しているのだ。

母が言っていた『心から愛している相手』だから、侯爵家に嫁いだことで大変な思いをしても、乗り越えていけそうな気がする。

父母を亡くして、悲しみと孤独に苛まれていたユーリアを、力強い腕で抱き締め、慰めてくれたのは彼だけだ。

彼の優しさは、幼い頃にユーリアを助けてくれた時と、変わっていない。

（そうよ。わたしはあの時から、ずっと好きだったのよ）

エリアスは誰よりも素敵な貴公子で、遠くから眺めるだけの憧れの存在だった。

それが、バーロス侯爵の屋敷で偶然出会い、ヴィリーから守ってくれたり、木馬を壊した自分をかばい、何も言わずに罰を受けてくれたりした時から、彼は憧れからときめきを覚える存在に変化していった。

あの時の出会いを、エリアスもずっと覚えていてくれたのである。だから、あんなにも熱烈な求婚をしてきたのだ。

彼のことを知るたびに、愛しさと切なさが増えていく。

寂しい心を抱えていることを告白された時は、支えてあげたいと心から思った。自分に与えてくれた愛と同じか、それ以上愛してあげられればいいと。

エリアスが出かけてしまっている今もこの気持ちはずっと継続しているから、術をかけられているのではない。自分の意思だ。

（さあ。今日も旦那さまを、きちんとお迎えしなくては）

名簿を置いて立ち上がる。

エリアスは朝食を終えると領地に出かけ、夕方に戻ってきた。ディステル侯爵家の領地は広大なので、全部回るには数日かかるという。

「ミリー、着替えるので手伝ってちょうだい」

居間から侍女の控室に向かって声をかける。

「はい。奥さま。本日のドレスは何色にいたしましょうか」

控室から嬉しそうな顔でミリーが出てきた。

侯爵家の夕食は晩餐会と同じ形式である。夜会に出ても恥ずかしくないドレスを身に着け、装飾品で豪華に飾り、化粧もしっかり施さなければならない。

王都の侯爵邸では、夜会でなくとも客人が来ることが多いらしい。それに備える意味もあって、ここでも同様の習慣なのだ。

「ドレスはミリーに任せるわ」

「かしこまりました。ふふ、どれにしましょうかねえ。そうだわ、薔薇の花を模した髪飾りがありますから、あれに似合うドレスにしましょう」

ミリーはドレスと装飾品でユーリアを着飾らせるのが楽しいらしい。毎回凝った髪型に結い上げ、他の侍女たちと一緒に大騒ぎをしながらドレスを選んでいる。

侍女たちの着せ替え人形にされている気もするが、楽しんでいるのならそれはそれでいいかと好きにさせていた。

「ユーリアさまは何をお召しになられてもお似合いですわ」

「本当に、お召し替え甲斐がございますわねえ」

「明るいブロンズ色の艶やかなお髪は、巻き整えると更に美しさが増しますわ」

侍女たちが口々に賞賛の声を上げる。昔から髪は綺麗だと褒められてきたけれど、彼女たちの言い方はちょっと大袈裟すぎる。

(侯爵夫人に対するお世辞が入っているに違いないわ)

主人に対する礼儀なのだと推測されたが、悪い気はしない。

「ああでも、旦那さまが近々王都に戻られたら、ユーリアさまもご一緒ですわよね。しばらく寂しくなりますわ」

ミリーが溜息混じりにつぶやく。

「近々王都へ？　そのようなこと、わたしは聞いていないわ」

怪訝な表情で侍女たちを見上げた。

「あ、すみません。わたくしたちも言われたわけではございません。旦那さまはいつも戦地からお戻りになられると、領地を見回る半月ほどこちらに滞在し、あとは王都のお屋敷に移動してしまわれるのです。それで今回もそうではないかと」

この屋敷に戻ってきて今日で二週間だ。そろそろ移動の時期ではないかということらしい。

「もう半月近くにもなるのね……」

　エリアスの妻になると決心してからは、あっという間に時間が過ぎていく。ディステル侯爵夫人としての生活が忙しいけれど、とても幸福で楽しいためだろう。

　エリアスはいつも優しくて、二人は愛と官能に満ちた時間を過ごしている。彼はユーリアの嫌がることは絶対にせず、溢れるほどの愛情を注いでくれていた。

　とはいえ、問題が何もないわけではない。相変わらずユーリアは屋敷に閉じ込められていた。首飾りの力のせいで、外に出ることはできない。

　でもそれは、今朝の話し合いで納得していた。

＊

「この首飾りを外してほしいの」

　朝食の後、視察に向かおうとしたエリアスにお願いした。

「首飾りを外す？　なぜ？　それはディステル侯爵夫人の証でもあるのだよ」

　怪訝な表情で聞き返される。

「これではお庭に出ることもできないわ。それに、こんなに豪華な首飾りを着けて普段の生活をするのは、好きではないの」

　首飾りに合わせてドレスもそれなりに高価なものを着なくてはならないから、立ち居振る舞いに神経を使って疲れてしまうのだ。

ユーリアの訴えを聞いたエリアスは、腕を組んでしばらく考え込んだ。

そして思いきったように顔を上げ、

「……そうだな、そろそろ話しておいた方がいいか」

自分に言い聞かせるように言葉を発した。

「話？」

エリアスは何か隠しごとをしていたのだろうか。

「実は……」

緑色の瞳でまっすぐにユーリアを見つめる。

「婚礼の宴を開こうと思っている」

真剣な表情で告げられた。

「婚礼の宴を？」

驚いて聞き返したユーリアにエリアスが深くうなずく。

「正式な日取りが決まってから話そうと思っていた。沢山の人を招待して、できるだけ盛大に開きたい」

「そうなの……」

「ごめん。そういうわけだから、婚礼の宴を終えるまで我慢してくれないか。その首飾りはディステル侯爵家に嫁ぐ女性が、婚約の時から嵌めているものだ。私たちはもう結婚してしまっているので少し違うが、できるだけしきたりに近い形にしたい」

「でも、これではお庭の散歩もできないわ。せめて外に出られるように術を解いてくださらない？」

「それは少し待ってほしい。……外して愛する君がどこかへ行ってしまったら困る」

首を横に振られてしまう。

「わたしはエリアスさまの妻になると決心したのだもの、出て行ったりしないわ。信じてくださらないの？」

少し膨れて訴えた。

「もちろん、信じているよ。でも……外に出たら誰かにさらわれてしまうかもしれない」

「そんなことはないわ」

「君は自分が思っている以上に魅力的なんだよ。今まで私の理想の女性は継母だったが、今は完全に君になっているくらいだ」

「心配性ね」

苦笑しながら言い返す。

「心配だよ、外には……私のような人間がいないとも限らないからね」

ばつの悪そうな顔をユーリアに向けた。

「あら……」

確かにユーリアは、エリアスにさらわれるようにしてこの屋敷に連れて来られたのだった。彼が自分と同じ行動をする者の出現を心配するのも、わからなくもない。

「もちろん宴を終えたら外せるようにする。自由に行動して構わない。可愛い君が私の妻だと皆に知らしめることができれば、安心できるからね」

「え、ええ……」

「ああそうだ。大広間に花を運び込んで庭のように飾ってもいいし、玄関ホールに庭園を造らせてもいいよ」

首飾りを着けて屋敷にいてくれるなら、どんな要求でも受け入れるとまで言われてしまったのである。

＊

（婚礼の宴）

今朝のことを思い出しながらユーリアは首飾りを見下ろす。

契約やしきたり通りにことを進めることが第一で、当人の意思よりも形式が重んじられる階級だ。エリアスは子どもの頃からそういう世界で育っているから、形にこだわるのかもしれない。

（子どもの頃から、そうだったものね）

かつて見たエリアスの辛そうな横顔を思い出す。病気の母親に面会は許されず、侯爵家の跡継ぎとして日々厳しい鍛錬を課せられていた。しかもそれは表には出せず、裏でひとり堪えていたのである。

爵位を継ぎ、兵役を経て皆から認められる位にまで上りつめた今も、苦労の連続なのかもしれない。妻になるのだから、今後はもっとエリアスを理解し、支えなくてはと思う。

(そういえば、婚礼の宴はここで開くのかしら?)

それについて聞くのを忘れていた。この屋敷は広くて豪華だが、王都からだと距離がある。ここに招待されるとなったら賓客《ひんきゃく》も大変だ。王都のディステル侯爵家の屋敷で宴を開く方が現実的だろう。

(そういうお話もしなくてはいけないわね)

エリアスと話をする時間があまり取れていない。今朝はなんとか時間を取ることができたが、夜は……。

毎夜、褥《しとね》でしている淫らな夫婦の交わりが頭の中に浮かび、頬を染めてうつむく。

「ユーリアさま?　何かお気に召さないところでも?」

「巻き髪にご不満な点がございますでしょうか」

侍女たちが心配そうな表情で問いかける。

「いえ、違うの。お、王都に戻ることとあちらの生活を考えていて……」

エリアスとの夜のことを思い出していたことなど言うわけにはいかないので、誤魔化しておく。

「王都のお屋敷には、それほど長くはいらっしゃらないと思います」

ミリーが答えた。

「そうなの？」

「はい。旦那さまは王都に戻られると、隊列を率いて戦地に赴いてしまいますから」

「戦地へ？　タイスとなられたのに？」

驚いて聞き返す。

ヤーコフから読むように渡された侯爵夫人の心得一式のなかに、王国の軍規や軍隊のあり方などの書物もあった。

侯爵家以上の成人男性は、軍役を終えると佐官以上に任命される。佐官以上は国王の直属の配下となり、戦略を練り隊列の配置や軍備の補充調達など、軍の中枢部分の働きを王都において行うのだ。

隊列を率いて現場に赴き、相手と実際に戦う貴族は、軍役中の者か尉官以下の中・下級貴族なのである。

「軍役を終えて少佐の位を得た後も、希望を出して戦地に配置していただいていたそうです」

危険な前線に自ら行っていたとミリーが答える。

「エリアスさまはどうしてそんなことを？」

「ヤーコフさんがおっしゃるには……タイスの位を得たいからだとか。でも、前回の戦でタイスの位を得られているのに、再び戦地に行かれるおつもりのようです」

「どうしてそれがわかるの？」

「いつもと同じ装備を整えておくようにと、旦那さま付きの侍女が命じられました。いつもというのは、戦場用の装備ということです」

ミリーの言葉に耳を疑う。

エリアスは自分と結婚したばかりで、これから婚礼の宴を開く。侯爵家では最上位であるタイスにまで上り詰め、国王の覚えも目出度《めでた》いと聞いている。それなのにまた戦地へ赴任させるとは、どういうことだろう。

怪訝な表情で考え込むユーリアに、ミリーが耳打ちをするように顔を近づけた。

「わたくしの弟は、旦那さまが率いられる隊に所属しております。直属の上司はラジット少尉という方で、ラジット子爵家の方なのですが……」

そこまで言うと更に声を潜める。

「ラジット少尉は臆病な方で戦いが苦手です。旦那さまは少尉に代わられて先頭に立ち、いつも戦われていると聞いております」

「先頭に立つって……」

支配者階級であるディステル侯爵家の人間がすることではない。軍役中で見習いの身分でも、五貴族の末裔は後方に置かれる、と書物には記されていた。

五貴族の末裔が持つ能力は、国王とともに国を支えている。国の頭脳として働く者を失えば、どれだけ優秀な兵隊が揃っていようと戦いには勝てない。だから後方の王都に詰めているのだ。戦のことに疎いユーリアにも、そのことくらいはわかる。

「どうして国王陛下はエリアスさまを前線に出すようなことをなさるのかしら」

困惑しながらつぶやく。

「いいえ、命令ではございません。旦那さま自らが、戦場行きをご希望になられているそうです」

「なぜ？」

驚愕の目でミリーに問いかける。

「ご出世のためだと思っております。でも、これ以上のご出世は、今の時点でないと思われます」

「ええ、それはわたしも知っているわ」

中将《ジェス》やその上の位は、年齢か身分が上がらない限り授位されることはない。侯爵の上の位は公爵であるが、これは王族にのみ授位される。

「弟が言うには、旦那さまは危ない場所にも怯むことなく突撃し、戦いながら兵たちを動かすそうです。馬上で剣を手にして戦う姿は、さながら若き軍神のようだとか」

ミリーの言葉に、物置部屋にあったエリアスの銅像を思い出す。馬に乗って戦うエリアスの姿は、凛々しくて美しかった。

「旦那さまが隊を率いると、どこよりも士気が高まると聞き及んでおります。兵たちは旦那さまと一緒に戦えることに誇りを感じているそうです。国王陛下も旦那さまのお働きを、それは高く評価してくださっています」

「陛下にも認めていただけているのね。もしかして、陛下や皆に期待をされていて、後に引けなくなってしまったのかしら」

「頼りにされてらっしゃいますからねえ……」

（でもそれは、エリアスさまがするお仕事ではないわ）

ユーリアの推測にミリーがうなずく。

タイスの仕事は現場ではなく王都でするものだ。戦地へ赴くというのは、戦うことが好きだからだろうか。

（違うわよね？）

エリアスは戦が好きだとは思えなかった。先日も、戦わずに争いを収める方向で解決したいと望んでいるような口ぶりだった。

（それではなぜ戦場へ行くの？　やはり陛下のご命令だから？）

侍女に王都へ行く支度をするようにと命令まで出している。

（あ、でも、王都に行くのは婚礼の宴を開くからかもしれないわ）

それをミリーたちが誤解しているのかもしれない。

「ヤーコフ。エリアスさまが戦場に行くという噂を聞いたのだけれど、本当なの？」

エリアスが戻ってくるのを待っていられず、ユーリアは家令のヤーコフを呼び出して質問した。

「はい。そううかがっております。領地の見回りが終了したら王都に戻り、新たな戦地へ赴任されることを望む書簡を託されております。記した内容に不備や失礼がないか確認後出してくれと命じられました」

いつものような準備を侍女に命じたのは、本当に戦地へ赴くつもりだったのだ。

「な、なぜ行かれるの？」

「それは……わたくしにもわかりません」

ディステル侯爵家のことは何でも知っていると思っていたヤーコフから、意外な返事が戻ってくる。

「わからないの？」

「ご出世なさりたいだけと思っておりました。タイスは侯爵家が与えられる最高位ですので……」

ミリーと同じことを口にすると、ヤーコフは眉間に深く皺を刻んだ。

「しかし、今はもうこれ以上のご出世は望めません。それなのに戦場へ行かれるのは、わたくしにも理解できないのです」

「そう……」

ヤーコフにもわからないのなら、誰に聞いてもだめだろう。

「あの……わたくしからこのようなことをお願いするのは恐れ多いのですが……」

申し訳なさそうにヤーコフがユーリアを見る。

「戦場において危険な前線でのお仕事は下の者に任せて、王都で相応しいお仕事をなされてはいかがかと、旦那さまにご進言してはいただけませんでしょうか」

「戦場で危険なお仕事をなさっているというのは、本当のことなのね。でもそれは、国王陛下からのご命令ではないの？」

ミリーはそのようなことはないと言っていたが気になる。

「そういった命令は出されておりません。それに、わたくしが前侯爵さまから生前うかがったところによりますと、陛下は王太子殿下と歳の近いエリアスさまを高く評価してくださり、将来は殿下の側近にとお考えになられているそうです。ですから、命を落とす危険が高いところへの配属を望むはずはございません」

すべてエリアスの希望で配属されているらしい。

「戦うことがお好きなのかしら……」

「お小さい頃からお世話させていただいておりますが、そういったご気性ではないと……。ご自分から喧嘩をなさるようなことは、一度も見たことがございません」

「そう……よね……」

ユーリアもヤーコフの意見にうなずく。

少し強引なところはあるけれど、エリアスは昔から誰にでも優しいし人当たりも悪くない。戦場で死傷者を憂う思いやりのある人だ。ヴィリーのような乱暴者なら、好戦的でもうなずけるが……。

(王都では婚礼の宴を開くだけではないの？　わたしと結婚できて幸せだと言っていたのに、なぜ？)


ディステル侯爵家の領地は広い。

この地に着いた当初は、領地の見回りに出ても夕方には屋敷に戻ってきていたが、このところは遠い場所へ行っているらしい。エリアスが戻ってくるのはかなり遅い時間になっていた。

今日は途中の村で食事をする手配をしてある。戻るのは深夜になるかもしれないので、夕食は先に済ませて休んでいてくれと伝言が届いた。

ミリーたちが頑張ってユーリアを着飾らせてくれたが、見てくれる相手のいない食卓でひとり寂しく食事をした。

(エリアスさまが戦に行かれたら、こうして毎晩ひとり寂しく食事をしなければならない

のかしら）

侍女や使用人たちはいるけれど、彼らと自分は立場が違う。

（きちんとお話をしなくてはいけないわね）

どうして戦地へ行かなくてはならないのか。行くにしても、他の上級貴族の方々に比べて少し多い程度に抑えることはできないのか。そういうことを話したい。

（今夜戻られたらすぐにでも聞いてみましょう）

食事を終えたユーリアは立ち上がる。

「ユーリアさま？　どちらへ？」

侯爵夫人の部屋がある方の扉ではなく、逆の方向へ歩き出したユーリアにミリーが声をかけた。

「エリアスさまのお部屋に行きたいの」

「はい。あの、旦那さまはまだお戻りになられておりません。お帰りは遅くなると伺っております」

「ええ。わかっているわ。でも、お話がしたいので、エリアスさまのお部屋で待つことにしたの」

エリアスはいつも、ユーリアが使っている侯爵夫人の寝室で朝まで過ごす。だからきっと、寝る時は来てくれるだろう。でも、あまりに遅い時間なら、侯爵用の寝室を使うかもしれない。

（えっと、エリアスさまのお部屋は東側よね？）

廊下を歩きながら考える。この屋敷は中庭をぐるりと囲むロの字型になっている。北側の棟は厨房や使用人たちの部屋などで、南側は歴代侯爵の肖像画が並ぶ大広間と客用寝室、大食堂、それらを挟んで西側は侯爵夫人用、東側は侯爵用に分かれていた。

だから、食堂を東側に行けばエリアスが使う侯爵専用の居間に着くはずなのだが……。

「あら？　行き止まりだわ」

一度だけ部屋の前まで訪れたことがある大きな白い扉のあるエリアスの部屋に行きつかない。もしかしたら階数を間違えたのかもしれないと、階段を下りたり上ったりを繰り返す。

（迷ってしまった？）

相変わらず方向音痴だと、自分で自分が情けなくなる。しかも、エリアスが不在中だからか、東の棟には使用人の姿が見えない。

「このお屋敷は広すぎるのよ。ああ、この廊下も違うわ」

これは別棟にある礼拝堂に繋がっているようだ。

「礼拝堂は西側の裏手にあったかしら？」

それだと、エリアスの部屋とは真逆にある。どんどん離れていっているみたいだ。

「困ったわ。どうして誰にも遭わないの？」

ぐるぐると屋敷の中を歩き回る。

やっと見つけた掃除用具を片づけている侍女に聞いて、エリアスの居室に着いた頃にはかなり遅い時間になっていた。

「ああ、やっと着いたわ」

歩きすぎてふらふらする。

「まあ、いつの間にかこんな時間！」

棚の上にある時計を見て驚く。

「エリアスさまが帰られる頃だわ」

自分の方向音痴の酷さに呆れてしまう。

（それにしても、綺麗な時計ね）

時計は二体の女神の彫刻が文字盤を囲み、上部では天使がラッパを吹いていた。金や銅を組み合わせて作ってあり、豪奢で気品がある。

時計だけでなく、部屋全体がとても豪華だ。貴金属や宝石、珊瑚、真珠、鼈甲《べっこう》など、高価な材料で飾られた家具調度品で埋め尽くされている。

額縁やペン軸に至るまで、あちこちに侯爵家の紋章が金で刻印されていて、侯爵家の豊かさと歴史を感じさせられた。

ユーリアが使う侯爵夫人の居室や寝室も、とても豪華な設《しつら》えになっているが、夫人用だからか華やかさに重点が置かれていて、重厚さはここほどではない。

（前侯爵さまの肖像画？）

エリアスに面差しの似た男性の絵を見上げる。タイスの階級章や勲章を付けた軍服を着ていて、堂々とした風格だ。エリアスが憧れるのもうなずける。

「あと十年もすれば、エリアスさまも同じようになられるのかしら」

前侯爵が四十歳前後に描かれていると推測された。

「あら？　向こうにも絵が……」

居間の奥にある扉が半開きで、壁に絵や書物が並んでいる。侯爵専用の書斎らしい。絵はドレスを身に着けた女性のようだ。

(亡くなられた侯爵夫人？)

おそらくそうに違いないと思いながら近づいてみる。

よく考えてみたら、エリアスの父母のことについてほとんど知らなかった。ユーリアが過ごしている場所には新しいものばかり置いてあり、肖像画を見るのも初めてである。

エリアスからも、彼が侯爵と愛妾との間の子どもということ以外、詳しいことを聞いていない。

エリアスが母と慕い、ユーリアと出会う前は理想の女性と考えていた前侯爵夫人がどのような人なのか知りたかった。

きっと気品のある美しい人に違いない。

そっと書斎に足を踏み入れ、ユーリアは肖像画を見上げる。

「え……？」

そこには、見覚えのある女性が微笑んでいた。

「亡き侯爵夫人って……」

呆然とつぶやくと、ガタンという音が入り口から響く。振り向くと、エリアスが居間に入って来るのが見えた。乗馬用の厚手の上着を脱いで侍女に渡している。

侍女の隣にいたヤーコフから耳打ちをされ、ユーリアのいる書斎の方に目を向けた。

「ただいま。ここで私を待って出迎えてくれたのかい。嬉しいな」

華やかな笑顔で書斎へと歩き出す。

「ん？　不思議そうな顔をしているね」

書斎に入ると、ユーリアの硬い表情に気づいたらしい。

「この肖像画は……前侯爵夫人なの？」

「そうだよ」

エリアスがうなずく。

「この方は、アリエラ伯母さまよね？」

アリエラ・ゾーラ・バーロス。バーロス侯爵の長女で、ユーリアの伯母にあたる人物だ。

ユーリアの母であるメリサが、娘時代にバーロス家で描かれた家族の肖像画を持っていて、伯母はここに飾ってあるものと同じドレスを身に着けていた。

「ああ。そうだよ。君と似ているところは少ないが、母上も美しいだろう」

目を細めて肖像画を見上げる。

「前侯爵夫人がアリエラ伯母さまだったなんて、知らなかったわ」

ユーリアが八歳か九歳の頃に亡くなったことは知っていたが、嫁ぎ先がディステル侯爵家だというのは初耳だ。伯母はバーロス侯爵家の療養所に長くいて、そこで亡くなっていたのである。

「知らなかった？」

エリアスが目を見開いてユーリアを見た。

「それこそ私も驚きだ。ディステル侯爵家とバーロス侯爵家は姻戚関係だよ。もちろん君の母上ともね。だからずっと君を探していたんじゃないか」

どれだけ苦労したかとエリアスが苦笑する。

「だから探していた？」

エリアスの言葉に引っかかった。

「うん。君は理想の女性の血を引いているのだからね」

続いて聞こえてきた内容に衝撃を受ける。

「わ、わたしを妻にしたかったのは……アリエラ伯母さまの姪だから……なの？」

エリアスと再会した時、行方もわからない女性と結婚したいと言っていた。それは八歳の時に出会ったユーリアのことだと思っていたのだが……。

「いや……」

言いながらエリアスは書斎の扉を閉じた。ユーリアの表情の硬さに気づいたらしい。

「別に姪でなくてもいいんだよ」

カツカツと足音を立てながらユーリアの前まで歩いてきた。

「こんな時間まで起きて待っていてくれてありがとう」

すっとユーリアの手を取ると、持ち上げて口づける。

「姪でなくてもいいとは？」

エリアスの顔を怪訝に見下ろす。

「だから、バーロス侯爵家の血が流れていれば、母上の姪でなくても構わないということだよ。今宵は私の寝室で休もうか？　君の夜着を用意させないといけないね」

ユーリアの手を握ったまま、書斎から寝室へ通じる出入り口へ行こうとする。

「ま、待って！　今のはどういうこと？　バーロス侯爵家の血って……あ、あなたが求めていたのは、侯爵家の血なの？」

まさかと思いながら質問を投げかけた。

「そうだけど、突然どうしたの？」

エリアスはぽかんとした表情を浮かべている。

「わたしでなくとも、いいってことよね？」

「そんなことはないよ。君だけだ。バーロス侯爵家の血を引く女性は君しか残っていないし、私の知る女性の中でも一番魅力的なのだからね」

バーロス侯爵の子どもはユーリアの母と母の姉、そして歳の離れた弟だが、弟は生後すぐに亡くなり、侯爵も五年前に事故で他界している。バーロス侯爵の子どもとして生き残っていたのはユーリアの母だけだが、その母も今はルバルト伯爵家の墓で父とともに眠っていた。

この世に侯爵家の血を引く者は誰も生存しておらず、バーロス侯爵家も消滅している。

「そんなことでわたしを妻にしたかったの？」

「そんなこととは、バーロス侯爵家の血を引いているかどうかということについてかな？もちろんだよ。すごく大切なことだ。父上と同じ道を歩むには、バーロス侯爵家の血を引く女性を妻に迎えなければならない」

それで完璧なディステル侯爵になれるのだとうなずいた。

「お父さまと同じ道？」

怪訝な目でエリアスを見上げる。

「前にも言ったが、父上は私の理想だ。父は戦場で活躍し、若くしてタイスの位を授かった。そして君のような、美しいバーロス侯爵家の血を引く女性を妻に迎えたんだ。父のような人物になれば、ディステル侯爵家の跡継ぎとして誰からも認められる」

「そ、それはおかしいわ」

「どこもおかしくないよ」

エリアスが首をかしげる。

「完璧な侯爵になるために侯爵家から妻を娶りたいのなら、侯爵家の令嬢と結婚すればいいでしょう？　わたしはバーロス侯爵家の人間ではないわ。ルバルト伯爵家の娘よ」

「ルバルト伯爵家の娘でも、母親はバーロス侯爵家の人間だ。私には、バーロス侯爵家の血を引いていることが何よりも大切なのだよ。他の侯爵家の血など、どうでもいい」

握ったままの手に力が入った。

「バーロス侯爵家の血を引いていること以外、わたしのことはどうでもいいというのね？　出会ったこととか、思い出とか……」

「もちろん思い出も大切だよ。君と初めて出会ったブルム伯爵家の舞踏会は、一生忘れない」

(初めて出会ったって……)

初めて出会ったのはヴィリーの屋敷ではない。バーロス侯爵家のガーデンパーティーだ。子どもの頃の出会いをエリアスは覚えていてくれたのではなかったのだ。

「ひどいわ……」

「いったい何をそんなに怒っているのかな。君自身を愛しているのだから、問題はないだろう？」

ユーリアの言っていることが理解できないという顔で見返している。

「離して！　あなたなんか嫌い！　妻でなどいられないわ」

と言った瞬間、エリアスの表情が凍り付いた。

「嫌……い？　妻でいられない？」

「顔も見たくないわ！　お母さまの埋葬をしてくださったことは感謝しているけれど、それ以外は許せない。大嫌いよ！」

「大嫌いとは……困ったね」

それまで凍り付いていたエリアスの表情が変化していく。口の端が上がり、含みのある笑顔になった。

「まあ、嫌いでもなんでも君を絶対に妻にすることは元から決めていたから、構わないのだけれどね」

握っていた手をぐいっと引き寄せる。

「さあ、そろそろ休もう。今夜はもう遅い」

ユーリアの顔に近づいてきた。

（いけないっ！）

はっとして顔を背ける。

エリアスに従わないユーリアの意識を、術で操作しようとしているに違いない。

「愛する夫の顔を見てくれないの？」

くすっと笑う声が聞こえる。

「あ、愛してなどいないわ」

横を向いたまま否定した。

「そうか……。やはり私を愛していると言っていたのは嘘だったんだね。でも私は君を愛している。首飾りを外さなくてよかったよ。さあこっちを向いて、可愛い顔をよく見せておくれ」

エリアスの言葉が聞こえると、首が勝手に彼の方に向く。

「わ、わたしの嫌がることはしないって、術で心を操作しないって言っていたのに……」

しかも首飾りを外してくれなかったのは、やはりユーリアを信用していなかったからだったことにも憤る。

「ああ、そうだったね。じゃあ身体だけにしてあげるよ」

（身体だけ？）

「んっ、んんっ」

逃げようとする身体に力が入らなくなり、抗議の声を上げようとした唇をエリアスの唇が塞いだ。

（ああ……ひどい……こんなの……）

ぬちゅっ、ぐちゅっと、いやらしい音が深夜の書斎に響く。

ランプの灯りが揺れる薄暗い書斎に、ユーリアの裸体が浮かび上がっていた。エリアスの大きな手が腰に添えられ、彼の腰が前後に動くたびに蜜の音が上がる。それと同時に、

「はぁ、あぁ……んっ、あぁ……」

書斎の机にしがみついているユーリアの口からも、喘ぎ声が漏れていた。

エリアスは非難の言葉を発しようとしたユーリアの口をキスで塞ぐと、身体の自由を奪ってドレスを脱がし、強引に蜜事へと持っていってしまったのである。

「善さそうだね。ほら、君の心は操っていないし、嫌がることもしていないだろう？」

腰を回しながら熱棒を奥に進ませる。

「あ、あんっ」

毎晩の夫婦生活で開発されたユーリアの身体は、エリアスから与えられる刺激に敏感に反応した。

心は傷ついているのに、身体は快感に激しく悶えてしまう。

「身体はこんなにも私を好きだと言っているのに、君は違うの？　君の希望通り、もう術など使っていないのに、感じているようだよ？」

乳房を揉みしだき、乳首を捩る。

「……うっ、くっ……んんっ」

蜜壺への刺激と相まって、快感の熱に全身が蕩《とろ》けてきた。

「私は君が好きだよ。愛している」

後ろから覆い被さり、ユーリアの耳に囁く。

（愛している？）

「なにを……愛して……ると、いうの。くっ……はぁ」

「全部だよ。この美しいブロンズ色の巻き毛。澄んだ青い瞳。なめらかな白い肌。バラ色の頬。君のすべてを愛している」

エリアスの口から何度も聞かされた言葉だ。少し前まではそれは、ユーリアの心をくすぐり、幸福を運んできた。

しかし今は、ひどく空しく響いてくる。

「わ……わたしの、外見だけ、愛して……るのよね？」

「もちろん内側もだよ。君の中に流れるバーロス侯爵家の血も含めてね。ああ、中も外も愛おしい」

ぐぐっと結合を深くされ、甘い快感が全身に広がる。

「は、うぅんっ」

（や……やっぱり……）

彼はユーリアを愛してはいなかった。

エリアスが妻にしたいほど求めていたのは、バーロス家の血を引くユーリアの身体だけだったのである。

彼のユーリアへの想いは、子どもが玩具を欲しがるような、物欲に近い愛情でしかなかったのだ。

「あ、あぁ……」

（こんなことって……ひどい……）

抱き締めてくる彼の腕の強さや押し込まれる熱棒の深さに、身体が熱くなる。

けれど……、心はどんどん冷えていった。

8

翌朝。

ユーリアはエリアスの寝室で目覚めた。

どっしりとした支柱に囲まれたベッドは、手の込んだ刺繍が施された厚手の天蓋に覆われている。

身体を覆うふんわりとした布団や枕には、金糸で侯爵家の紋章が刺繍されていた。上等なシルクの生地を使っているらしく、品のいい光沢を放っている。

侯爵夫人用の寝室みたいな女性らしい華やかさや可愛らしさはないが、王宮の寝室だと言われてもうなずける重厚な豪華さがあった。

そんなベッドの中で、ユーリアは悲しい気持ちで朝を迎えている。エリアスは既に起床し、出かけてしまっていた。彼が起きたのに気づいていたが、顔も見たくなかったので寝たふりをしていた。

（エリアスさまにとってわたしは、この屋敷の家具のような存在なのだわ）

亡くなった父親と同じような侯爵となるために揃えられた物品のひとつなのだ。

子どもの頃に出会ったとき、自分のことを好きになってくれたのではなかった。彼はあの頃のことなど、覚えてもいなかった。

「ひどいわ……」

悔しさと悲しさに震える。

熱烈な求婚も、愛情溢れる結婚生活も、熱い営みも、すべて偽りであった。

（いいえ、偽りではないわ。わたしが勝手にそう思い込んでいただけよ）

エリアスが欲していたのは、愛していたのは、バーロス侯爵家の血を引く若い独身女性であり、その条件を満たせば、ユーリアでなくても構わなかったのだ。

自分自身を愛してくれているわけではないと、今になってわかっただけにすぎない。

そしておそらく、エリアスも誤解しているのだ。

ユーリアを愛しているというのは、心からそう思っているに違いない。だけど、前侯爵夫人と同じような妻になれる相手、という条件を愛しているだけで、ユーリア自身を愛しているわけではない。そのことにエリアス自身も気づいていないのだ。そしてそれに気づくことがあっても、おそらく変わることはない。

ユーリアの出自だけしか彼の眼中にはないのだから……。

「すごく……好きになっていたのに……」

激しく落胆する。

親を亡くして孤独になったユーリアの寂しい心を、エリアスの優しさや気遣いがどれだ

け癒してくれたことだろう。領民や兵士に対する彼の思いやりにも感動し、彼の妻として
ここを豊かで幸せな領地にしたいと思った。

だけど、心のない愛では幸せにはなれない。裕福で美麗な貴公子と結婚し、誰もが羨む
侯爵夫人になれても、本当に愛されていないのであれば空しいだけだ。

(本当に愛されてはいない……のよ)

頭の中ではっきりと言葉にすると、胸が潰れそうなほど悲しくなる。エリアスを好きに
なっていたから、いっそう辛さが増した。

(もう、あの方の妻ではいられない。ここにもいたくない)

でも、今のユーリアにはどちらの願いも叶えられそうにない。

首飾りの力によってこの屋敷に縛り付けられ、エリアスの命令に従わせられ、逃げるこ
とは不可能なのだ。

「そんなの……嫌よ」

拒否の言葉を口にするけれど、本当にそうなるかもしれない。

エリアスはどんなことをしても、ユーリアを妻にしておきたいのだ。この部屋にある調
度品と同じく、ディステル侯爵を演出する物として一生を終えるしかないのかもしれない。

と、思ったが……。

(わたし……)

ずっと心に蓋をしていたことに目を向ける。

ユーリアは胸元にある首飾りをぎゅっと握りしめた。この首飾りを、エリアスに外してもらえば、それで終わるのだ。

（終わる）

エリアスに対する愛情は、そんなに簡単に終わらない。彼を思う気持ちや、本当の愛だと思っていた時の幸せな新婚生活。

それらを手放すことは、想像するだけでも辛くなる。

だが、偽りの幸せは続かない。

続けてはいけない。

ユーリアは決意した。

（ここから出るには、それしかないわ……）

今夜エリアスが領地から戻ってきたら告白しようと決心し、ベッドから起き上がる。

すると、起き上がった気配を感じたのか、寝室の扉がノックされた。

「ユーリアさま。お客さまがお見えになられておりますが」

ミリーの声がする。

「お客さま？　わたしに？」

いったい誰がと首をかしげると、ミリーが意外な人物の名を挙げた。

「ヴィリー・ザーラ・ブルムさまでございます。ユーリアさまがご結婚なさったことをお知りになられて、お祝いにいらしてくださったそうです」

（お祝い？　あのヴィリーが？）

そんなことをするような人間だとは思えない。だが、王都から離れたこの領地まで来てくれたのだ。

（祝福してくれるというのだから、お断りするわけにはいかないわね）

不本意とはいえ自分は現在侯爵夫人である。結婚のお祝いに訪れた貴族の親戚をぞんざいに追い返したとあっては、ディステル侯爵家の名に傷をつけてしまうかもしれない。

エリアスに対しての憤りはあるが、愛情がすべて消えたわけではない。しかもここは母の姉の嫁ぎ先でもあるのだ。

「わかったわ。着替えます」

ユーリアはミリーに告げた。

ディステル侯爵夫人として会うのだから、不本意ながらもそれなりに豪華なドレスに着替え、髪も美しく結い上げ、上品な輝きを放つ宝石で作られた髪飾りをつけた。

「まあ。なんてお美しい。普段着のドレスもお似合いでしたが、来客用の格式のある装いは、ユーリアさまにぴったりですわ」

ミリーが感嘆の声を上げて褒めてくれた。

（ヴィリーに会うだけなのに華美すぎるわ）

ユーリアは苦笑しながら応接室に向かう。

二度と会いたくないと思っていたのにと、憂鬱な気分で応接室に入る。

「やあ。ユーリア。おっと失礼、ディステル侯爵夫人！」

長椅子から立ち上がったヴィリーが、大袈裟な手振りで挨拶を告げた。

「この度はわざわざお祝いにいらしてくれて、ありがとう」

不本意ながらも礼を口にし、奥へと進む。ミリーや他の侍女たちも続いて入ろうとしたが、

「おっと、内輪の話があるからおまえたちは出ていろ」

ヴィリーが手で追い払うしぐさをした。

（なんて失礼なやり方かしら）

使用人を犬か何かだと思っているのかもしれない。相変わらず癇に障る人間だ。

呆れ果てながらも、言う通りにしてやってくれという目でユーリアはうなずく。

「しばらくしたらお茶を持ってきて頂戴」

「かしこまりました」

侍女たちは会釈をして出て行った。応接室の扉が閉まると、ヴィリーは偉そうに腕を組んで長椅子に腰を下ろした。

「それにしても上手くやったな。俺の家の舞踏会でこんな大物を釣り上げて、すぐに結婚

だもんな。おまえって見かけによらずやり手だったんだな」

「やり手って……失礼な」

「だってそうだろう？　親のいない下級貴族の女が、王都でも一、二を争うディステル侯爵の正妻だぜ。俺は当初その話を聞いた時は、おまえは妾《めかけ》になったと信じて疑わなかったぜ」

よっこいしょと背もたれから上体を起こして座り直す。

「侯爵家っつーのはどこも金持ちだよな。五貴族の末裔だってだけで、金も地位も約束されているんだ」

口の端を上げて笑いながら応接室を見渡す。

「なあ、そう思わないか？」

「いったい何が言いたいの？」

「だからさ、侯爵家の金を俺たちでどんどん使ってやろうぜ」

ヴィリーが下品な表情でとんでもないことを口にした。

「なぜあなたとそんなことをしなければならないのよ」

眉間に皺を寄せて問い返す。

「俺とお前の仲じゃないか」

「どういう仲だというの。あなたとわたしは関係ないわ」

首を振って抗議する。

「関係はこれからだよ。俺はおまえの次の夫になってやるんだからな」

（はあ？）

ヴィリーの口から出てくる信じられない言葉の数々に、ついにユーリアは絶句した。

「エリアスはどうせ次かその次の戦場で死ぬんだ」

「なんてことを！」

「おまえは知らないだろうが、エリアスは赴任希望地にわざと危険な場所を選んでいるんだよ」

得意げにヴィリーが告げる。

「わざと危険なところに？　どうして？」

「そのほうが手柄を上げれば大きく評価されるからだろう。あいつは昔から、どうすれば大人から褒められるのかってことばかり気にしていたからな。だからいずれ、戦死するのは目に見えているってこと」

皮肉っぽく言うと長椅子から立ち上がる。

「エリアスが死んだらおまえは未亡人だろ？　暫定侯爵にはなれるが、子どものいない未亡人じゃ先は知れている。侯爵家の財産を狙ってやってくる者も増えるだろう。だから俺が後見人になってやるって言ってるんだ」

カツカツと靴音を響かせて、ユーリアが立ち尽くす場所まで来た。

「いい話だろう？」

下卑た笑い顔で見下ろしてきた。

「冗談でも嫌よ」

すぐさま断り、扉のほうを向く。

「帰りはあちらよ。いらしてくださり、ありがとう。これで最後にしてくださっていいわよ」

ユーリアは毅然として答えた。

「冗談なんかじゃねえぞ」

低い声で言いながらヴィリーは一歩前に出る。

「俺がおまえの秘密をバラせば、侯爵夫人の座から簡単に引きずり降ろせるんだからな」

ユーリアの方に手を伸ばしてきて、首飾りを摑んだ。

「キャッ！」

ぐいっと引き寄せられて悲鳴を上げる。

「ディステル侯爵家には跡継ぎがいない。エリアスが死ねば、財産はお前に全部転がり込んでくるんだろう？　独り占めはさせないぞ」

「やめて、離してっ！」

「俺にキスして誓えば離してやるよ。へへ、相変わらずそそる顔をしているよな。その顔でエリアスを誑かしたんだろ？　顔だけの貧乏貴族にエリアスを取られたって、あのあとの舞踏会で女どもがキーキー怒ってたぞ」

「誑かしてなんていないわ」

失礼な物言いに怒りながら返す。

「気が強いな。じゃあ俺からしてやるよ」

握った首飾りを更に引き寄せ、ユーリアに口づけようとしている。首飾りを外そうとしているわけではないからなのか、灼けるように熱くなったりしないようだ。

「い、嫌っ！　やめて！　エリアスさま以外の方とはしたくない！」

大きな声で拒絶した時、ヴィリーが握っていた首飾りが突然切れた。

続いて、

『ゴフッ』

という音がして、ユーリアの目の前が銀色になる。

「えっ？」

銀色の物と一緒にヴィリーが視界から消えていく。

横を向くと、銀色の兜を顔の側面に受けながら倒れるヴィリーと、千切れてユーリアの首から外れた首飾りが床に落ちている。

「これ……あ、エリアスさま……」

振り向くと、応接室の奥にある扉が開いていて、エリアスが立っていた。

「こんな下衆《げす》を屋敷に入れるとは、ヤーコフは何をしているのだ！」

額に青筋を走らせ、足音を響かせながら近づいてくる。

「い、いつからそこに、いらしたの？　領地の見回りにはいらっしゃらなかったの？」

応接室の出入り口とは反対側にある部屋だ。

「見回りは昨日で終了した。今日は、次の戦に使う武具を点検していた」

父親が使っていたタイスの鎧兜を着用しようと、奥の部屋で点検をしていたと言いながら、床に落ちた兜と首飾りを拾い上げる。

「この兜はタイスのではなく、先ごろまで使用していた私のものだけれどね」

気を失っているヴィリーを一瞥し、

「この者は馬車に乗せて、領地境にでも下ろしてきなさい」

使用人に命じると、大柄の男性が入ってきて、ヴィリーを担いで出て行った。

「怪我はない？」

「え、ええ。大丈夫よ」

首飾りを強く引っ張られたせいで首筋に熱を感じるけれど、痛くはなかった。

「そう。君の首に傷がつく前に外せてよかった」

安堵の表情でエリアスが言う。

「エリアスさまが外してくださったの？」

「あいつが首飾りを握っているのを見て、千切れるように力を送ってから、これを投げた」

ユーリアに銀色の兜を見せた。

「これはもう……つけてはくれないだろうね。君は昨夜からずっと、私に対してとても怒っているし……」

首飾りを持つ手に視線を移動し、落胆したようにつぶやく。

「わたしがどうして怒っているのか、あなたにはわからないものね」

「それは、君が私を好きではないからだろう？　こういう物で強引に妻にしたことを怒っている」

「違うわ。私はあなたが好きよ。エリアスさまの妻として、二人で幸せになりたかったわ」

彼を見上げて訴える。

「それは……本当に？」

エリアスが目を見開いて驚き、顔をほころばせる。

「でも、エリアスさまがわたし自身を愛してくれないから、妻ではいられないの」

首を振って告げた。

「そんなことはない。私は君を愛している。私の妻でいてくれるなら、どんなことでもする」

「いいえ、あなたは私を愛してはいないわ。だって……」

エリアスを見つめ、ユーリアは悲しげな笑みを浮かべた。

「だってわたしは、お母さまの本当の娘ではないもの。お父さまであるルバルト伯爵と今はもうないランス子爵家の娘との間に生まれた子どもよ」

「え？　なにを突然。君はメリサ・ゾーラ・バーロスの実子だ。貴族管理院の記録にもそうなっている。確かにルバルト伯爵はランス子爵家の一人娘と結婚した記録はあるが、その娘は馬車の事故ですぐに亡くなっていて、子どもが生まれている記録はない」

翌年バーロス家の娘と電撃的に結婚し、ユーリアが生まれていると貴族管理院には記載されているのだ。

「わたしを産んでくれたエレーナ・ターラ・ランスは、わたしを身ごもっていた時に、乗っていた馬車が暴走した馬車にぶつかり、頭に大怪我を負ってしまったの」

相手の馬車に乗っていたのは、後にユーリアの養母となるメリサ・ゾーラ・バーロスだった。

意識不明となったエレーナは、ルバルト伯爵邸で治療を受けるが目覚めることはなく、このままでは母子ともに亡くなるのは時間の問題となる。

だが、メリサは不思議な力を持っていた。意識のない相手の身体を操り、動かせるのである。その力で意識のないエレーナに食事を摂らせて、命を繋ぐことができた。

自分の乗った馬車がぶつかったせいだと責任を感じていたメリサは、ルバルト伯爵邸でエレーナの看護を続けたのである。

しかし、寝たきりで身重な身体は、食事を摂らせることができても弱っていく一方であった。数か月後、ユーリアを意識不明のまま出産すると、息を引き取ってしまったのだ。

メリサは生まれてきた子を、我が子のように愛おしんだ。ルバルト伯爵も、献身的に看護し続けたメリサに好意を抱いていたので、二人は結婚することにしたのである。

メリサは幼少の頃に罹《かか》った病気で子どもを産めない身体であったのと、本当の母子ではないことで肩身の狭い思いをしたら可哀想だと、ユーリアを実子として貴族管理院に届けた。

「だからわたしは、表向きはメリサお母さまの子どもとして生まれたことになっているの。でも、本当の親はこの指輪を嵌めていたエレーナ・ターラ・ランスなの」

目を見開いたまま固まるエリアスに、ブルム伯爵邸のオークションで売れなかった指輪をかざす。

『これは、あなたの実のお母さまの形見なのよ、大切になさいね』

ユーリアが五歳になった時に、本当は継母であると告げたメリサが渡してくれた指輪だ。

「これでわかったでしょう？　疑うのなら、さっきいたヴィリーに聞けばいいわ。親戚だから彼も知っているのよ……」

ユーリアの告白に、エリアスは表情を固まらせたままである。

「騙すつもりはなかったの。まさかあなたが、それほどバーロス侯爵家の血にこだわっているなんて知らなかったから……。わたしはあなたが、初めてバーロス侯爵のお屋敷で出会った時のことを覚えていてくれて……それでわたしをずっと思っていて、結婚したかったのだとばかり……」

ユーリアの目に涙が滲む。

「バーロス侯爵の屋敷で会った？　……君と？」

怪訝な顔で質問される。

「やっぱり覚えていらっしゃらなかったのね」

予想できていたこととはいえ、あのことを覚えていないとはっきり言われると、辛いものを感じる。

「わたしが木馬を倒して、目になっていたロゼル・ライトを外してしまったのよ。それをバーロス侯爵に見つかって、あなたが叱られてしまったことも、覚えていない？」

ユーリアの言葉を聞くと、怪訝な面持ちでエリアスは首をかしげた。どうやらまったく覚えていないらしい。

「わたしの代わりにひどく叱られてしまったのでしょう？　わたしがブルム伯爵家の舞踏会であなたのところへ行ったのは、あの時のことを謝ろうと思ったからなの。ごめんなさいね」

頭を下げると、ユーリアは無理矢理笑顔を作って顔を上げた。エリアスは硬い表情のまま立ち尽くしている。

「わたし、修道院に行きます。仕事を見つけて、立て替えてくださったお母さまの埋葬費はお返しするわ。エリアスさまは今回の結婚を無効にする手続きをして、その首飾りをするのに相応しい条件を持った方と……結婚してください」

他の女性と結婚してくれと告げるのは辛いものがあった。でも、エリアスを好きな気持ちだけではどうにもならない。彼もディステル侯爵家に相応しい妻を娶りたいだろう。

「バーロス侯爵家以外にも五貴族の血をひく令嬢は沢山いるわ」

そういう女性と結婚すれば、父親と同じような侯爵になれるはずだと、エリアスに告げた。彼に対する気持ちが残っているユーリアにとっては辛いことだけれど、そうするしかないのである。

「さようなら」

別れの言葉を告げると、ユーリアはエリアスの横をすり抜けて、応接室から出た。

エリアスはずっと硬い表情のまま立ち尽くしている。すれ違うユーリアには、一瞥もくれなかった。

おそらく、彼にとって大きな衝撃なのだろう。

念願かなってバーロス侯爵家の血を引く娘を妻にしたと思ったら、貧乏伯爵と落ちぶれた子爵家の娘との間にできた子だったのだ。

9

ユーリアは豪華な侯爵夫人のドレスを脱ぎ、ミリーから侍女用の外出着を借りて着替えた。

「本当に出て行かれてしまうのでしょうか」

ミリーが泣きそうな顔で問いかける。

「わたしの話を聞いていたでしょう？　わたしは、エリアスさまの妻になれる血筋ではないの」

「ユーリアさまの実のお母さまも、子爵家のご令嬢ではないですか」

歓迎はされないが、侯爵家に子爵家の娘が嫁ぐことは許される。

「貴族管理院は許してくれるけれど、エリアスさまの条件には合わないから無理よ」

「でも、旦那さまは、ユーリアさまとご一緒にいらしたこの数日間は、とてもお幸せそうでした。以前はもっと張り詰めていて、いつも完璧な人間でなければならないと、笑い顔さえ作り物のようでした。タイスに昇進なさって、ユーリアさまを妻に迎えられて、やっとこれからお幸せになれるのだと、わたくしたち使用人も喜んでおりましたのに……」

嗚咽を漏らしながら言うと手で顔を覆った。

「泣かないで。わたしも楽しかったわ。ミリーのおかげでとても快適に過ごせたし、色々なドレスを着ることができて嬉しかった。でも、もう終わり。夢の時間は終わったの」

(そう……終わったのよ)

誰もが憧れる優しくて素敵な貴公子に熱烈な求婚をされ、たっぷり愛されていた夢から覚めて、現実に戻っただけだ。

それは、エリアスにも同じことが言える。彼は自分の理想の形に拘り、本当の愛ではないものを手に入れて満足していたのだ。

エリアスが求めている血筋の人間は、この世にはもういない。それはよい方に考えれば、血にこだわることなく本当に愛せる女性と一緒になれることを意味している。その相手がユーリアでないことは大変残念だと思うが、仕方がない。

「ミリー。もう泣かないで、笑顔を見せて」

顔を覆っている手に触れる。

「首飾りの火傷が治って良かったわ」

手のひらを撫でたあと、泣き顔のミリーに微笑む。

「元気でね」

踵を返し、侯爵夫人の居間から出ていく。

「ユーリアさま。馬車のご用意をいたしますので、今しばらくお待ちください」

家令のヤーコフが小走りにやってきた。

「いいわ。歩いて町まで出て、そこから辻馬車に乗ります」

「町まで歩くなど、そのようなことを奥さまにさせられません！」

滅相もないとヤーコフは首を振る。

「もう奥さまではないわ。それに、馬車に乗る資格もないと思うの」

今のユーリアは下級貴族で、伯爵令嬢でもないのだ。

「貴族管理院に承認されております正真正銘の奥さまでございます！」

「先ほどの話は、あなたも聞いていたでしょう？」

応接室の外にヤーコフがミリーと一緒に立っていたのを知っていた。

けれど……。

「わたくしは、ユーリアさまのご出自を、存じ上げておりました」

ヤーコフの告白に驚いて足が止まる。

「知っていた？」

どういうことかと振り向く。

「バーロス侯爵家の血を引くご令嬢について調べるように、旦那さまに命じられておりましたから」

「知っていて、わたしには侯爵家の血が流れているとエリアスさまに言ったの？」

「いいえ。旦那さまには、バーロス侯爵さまの二番目のご令嬢であるメリサさまが、ルバルト伯爵とご結婚なさり、年頃のお嬢さまがおいでになられますとだけお伝えしました」

メリサの子であるとは言っていないとのことだが、その言い方では誤解するだろう。

「なぜそこで、血の繋がりはないとエリアスさまにお知らせしなかったの？」

少し咎めるように問い詰める。

「旦那さまを……落胆させたくございませんでした。亡き侯爵さまを目標にされてきたエリアスさまの努力が、実を結ばないことを意味しておりますので」

苦しげに答えた。

「それは、仕方のないことですよね。あなたがきちんと告げていれば、このようなことにはならなかったのに……」

ついヤーコフを睨んでしまう。

「申し訳ございません。エリアスさまが心から愛せる方は、ユーリアさましかいらっしゃらないと考えておりました」

難しい表情でユーリアを見た。

「どうしてわたしが？」

「優しくて、芯が強くて、ディステル侯爵家の名や財産に関係なく、エリアスさまを愛してくださると思いました」

「ヤーコフもわたしのことなど知らなかったでしょう？」

「初めてお会いしたのはこちらにいらしてからですが、お小さい頃からお名前は存じておりました」

「小さい頃から？」

「かつてエリアスさまは、バーロス侯爵さまから能力が低いと、杖で手を叩かれながら指導されていたことがございました。その時に負った傷を、優しくいたわってくれた美しい少女がいらっしゃいました。あのような方が理想だと長年思っております」

「ヤーコフ……おまえ、あの時にいたの？」

驚いて質問する。

「いいえ。あの時は病床の侯爵夫人のところにおりました。あのあとすぐに侯爵夫人は亡くなられ、エリアスさまは実子でないことをお知りになられて、かなり落胆なさいました」

「その話は聞いたわ」

何度聞いても、エリアスが気の毒になる話である。

「侯爵夫人の葬儀が終わると、バーロス侯爵さまは前侯爵さまに、亡き愛娘が嫁いだディステル侯爵家を、木馬の目を盗むようなエリアスさまに継がせるのは反対だとおっしゃいました」

木馬の目と聞いて、ユーリアはドキッとする。

「エリアスさまはそのようなことをなさる方ではないと、旦那さまとわたくしは何度も申し上げました。しかし聞く耳を持っていただけず、バーロス侯爵さまのお怒りは増すばかりでした。愛娘を亡くした悲しみで、冷静になることができなくなっていらっしゃったのでしょう。盗人など侯爵家から追放しろとまでおっしゃって……」

「やはりそのようなことが……」

ブルム伯爵家で耳にした『バーロス卿が、エリアスのような者に継がせたら侯爵家は終わりだと、大騒ぎした』という話は、やはりあの時のことが原因だったのだ。

「エリアスさまは、わたしが馬を倒したからだとおっしゃらなかったの？」

「ええ。自分に優しくしてくれた女の子が叱られたら可哀想だからと……。ですが、バーロス侯爵さまはお許しにならず、騒ぎは大きくなるばかり……。後日、ユーリアさまのお母上さまからその旨のお手紙が届いて、やっと侯爵さまのお怒りは収まったと聞き及んでおります」

「それでヤーコフはわたしを知っていたのね？」

「はい。エリアスさまがタイスにご昇進なさったら、ルバルト伯爵家へ結婚の申し入れをさせていただこうと、わたくしもずっと待ち望んでおりました。ですから、わたくしにとってもユーリアさまは、理想のディステル侯爵夫人なのです」

わかってくださいとヤーコフはシルバーグレーの頭を深々と下げた。

「そう、わかったわ。でも、もうだめよ。ヤーコフには理想でも、エリアスさまにとっては違うわ。今後はあの方が本当に愛せる条件に合った方を、探して差し上げてください」

ヤーコフに背を向けてユーリアは玄関に向かった。

エリアスは長椅子の横に立ったまま、手にしたロゼル・ライトの首飾りをじっと見つめていた。

(自分からこれを切ってしまうとは……)

タイスの地位を得て、亡き母と同じ血を引く妻を娶り、戦場で勇猛果敢に戦った父のような人物になるのが長年の夢だった。ディステル侯爵になることが、自分のすべてと言っても過言ではない。だから、卑劣だと詰られ、どんなに嫌われようと、ユーリアを妻にしておかなくてはならないはずだった。

なのに……。

あの男に首飾りを摑まれ、引き寄せられている姿を見て、かっとなって冷静さを失った。彼女の首に負担がかかっていることに我慢がならず、ユーリアを守りたい一心で、すぐに外れろと命じた。

その結果、彼女の身体に傷がつかずに済んだのだが……。

以前から心配していた通り、首飾りを外したらユーリアはここから出て行ってしまった。もう二度と戻っては来ないだろう。

「旦那さま！　ユーリアさまをお止めしてくださいませ。早くしないと出て行ってしまわれます！」

ミリーが必死の形相で訴えてくる。

（もう出て行ってしまったよ）

エリアスは眉間に皺を寄せ、首を横に振った。それを見たミリーは、更に何か訴えている。ユーリアを連れ戻してくれと言っているようだが、泣いてしまっていてはっきり聞こえない。

いつものエリアスなら、ここで笑みを浮かべてうなずき、使用人が不安にならないように声をかけているはずだ。それが侯爵家の当主として相応しい振る舞いなのである。

だが今は、そういった行動を取ることができない。

（どうしてだろう）

ユーリアには、バーロス侯爵家の血が流れていなかった。そのことに衝撃を受けているからだろうか。

確かにあの告白は衝撃的なことだった。

父のような侯爵という理想の形を実現するのに、彼女の血筋は相応しくない。だから自分はこんなにも落胆しているに違いない。だが……。

（ユーリアと離婚……）

そう思っただけですごく嫌な気分に襲われた。だが、すぐさまこれはいいことなのだと、自分に言い聞かせる。

ユーリアは自分を嫌っていたし、自分にはもう必要のない女性なのだ。エリアスにとって妻は、父のような侯爵になるための条件のひとつに過ぎない。

（出て行った者のことなど、忘れてしまえばいい）

首飾りを強く握り締める。

その時、家令のヤーコフが居間に入ってきた。

「旦那さま。ユーリアさまはお屋敷を出て行かれました」

淡々とした態度で告げてくる。エリアスは、自分の肩がぴくっと動いたのを感じた。

「これからは、エリアスさまが本当に愛せる方を探してください、とのご伝言でございます」

エリアスはゆっくりと首を動かし、ヤーコフに視線を向ける。

「……ヤーコフ」

「はい。なんでございましょう」

「ユーリアは、私の妻としての条件に、当て嵌まっていなかった」

眉を顰めて告げた。

「左様でございますか」

硬い表情で頭を下げている。

「だけど私は……ユーリアを愛している」

（えっ？）

エリアスは自分の口から出た言葉に驚愕した。

「理想のお血筋ではないようですが、よろしいのでしょうか」

顔を上げたヤーコフがエリアスの顔を見つめる。

「それは……だめだ。彼女の血筋は、ディステル侯爵家に相応しくない」

うつむいて首を振った。

「そのようなことはございません。貴族管理院からは認められております。ユーリアさまのご生母がバーロス侯爵家令嬢でなかったとしても、認められたでしょう。旦那さまは、若くしてタイスの位を得るほど、戦で貢献されているのですから」

その程度のことは問題なく優遇されるはずだと、ヤーコフが述べた。

「貴族管理院が認めても、私が……認めるわけにはいかない」

ヤーコフに向けていた顔を前方に戻し、応接室に飾られている父の肖像に視線を向ける。

「母上の家から妻を迎え、父上のような侯爵になることを目指してきたのだ。父上もそれを望んで亡くなっている。父上の最後の望みを叶えることが、私をディステル侯爵家の跡継ぎにしてくれた恩返しでもある」

思いつめた表情でつぶやいた。

「それでは、新たな女性をお探しになられればよろしいかと。侯爵家は他にもございます。公爵家や王族の方々から娶られれば、お父上さまを超えることも可能です」

「新たに……」

「ええ。旦那さまに相応しい女性は沢山おります」

「……相応しい……そうだな。それが……い……」

言葉が途切れ、再びエリアスは固まった。

「どうなさいましたか？」

父に劣らぬ侯爵になるためには、ヤーコフの意見に従うべきだ。なのに、それに素直にうなずけない。

「いや、なんでもない。おまえの言う通りだ」

父のようになることと自分の希望が一致しないことは、今までも何度かあった。だが、すべて前者を優先して自己の望みを抑えて、エリアスは成功してきたのである。だから今回もそれができるはずだ。

自分を抑えればいいのだと、ユーリアを求めようとしている自分の心を必死になだめる。

そんなエリアスの目の前に、ヤーコフがすっと布を差し出した。

「エリアスさまが昔使われていたお部屋から持ってまいりました。ユーリアさまにお返ししなければならないのですが、いかがいたしましょうか」

「私の部屋にあったこれを、ユーリアに返す？」

機械仕掛けの人形のように首を回し、ヤーコフを見て問い返す。

「はい。エリアスさまが昔、バーロス侯爵邸でユーリアさまからお借りしたハンカチでございます」

「……」

ヤーコフの言っている意味がわからない。

「お忘れでしょうか」

「ユーリアにはブルム伯爵邸で初めて会ったのだ。その前はない」

眉間に皺を寄せて言い返す。

「ご記憶にないだけでございます。あのあとに前侯爵夫人がお亡くなりになられて、強い衝撃を受けられましたから……」

「母上が亡くなられた頃？」

母親を亡くした悲しみと前侯爵夫人の実子ではなかったことの衝撃は、エリアスにとってかなり強かった。バーロス侯爵と跡継ぎの件で揉めていたことも重なって、葬儀の直後に高熱を出して寝込んでしまったほどである。

熱と衝撃のせいで、あの頃のことは断片的にしか覚えていない。

ただ、実子でないと知ったことを機に、侯爵家の跡継ぎとして認められるには父親と同じようにならなくてはいけないと、以前にも増して考えるようになったのは確かだ。

ヤーコフの横にいたミリーが、

「そういえば、わたくしもユーリアさまにハンカチをお返ししなくてはならないわ！」

思い出したとばかりに声を上げた。

「火傷をして腫れた手に、ユーリアさまがハンカチを濡らして冷やしてくださったのです」

とても心配してくれたとミリーがヤーコフに訴えているのを聞くと、

「あ……！」

エリアスははっとした表情で声を上げた。

悲しいことがあったために、心の奥の奥に封印してしまっていた大切な思い出が、一気に脳裏に浮かび上がってきた。

病床の母親に会えないエリアスを慰めてくれた少女。

屋敷の中を、手を繋いで歩いた柔らかな時間。

やんちゃな苛《いじ》めっ子を退治して笑い合ったこと。

エリアスの痛みを自分の痛みのように思いやってくれた。

「あの時の！」

そうなのかという顔でヤーコフを見る。

「はい、そうでございます」

ヤーコフが答え終わる前にエリアスの手が伸び、ハンカチを摑んだ。

「あの時の少女が……ユーリア……だから私にあんなことを言ったのか」

自分をバーロス侯爵家で出会った時に見初めてくれたのではなかったのかと、詰めるように言っていた彼女の姿を思い出す。

「亡き侯爵夫人の妹君がお育てになられた心優しい少女です」

ヤーコフの言葉に、可愛らしくて優しいあの少女と、ブルム伯爵家で出会った時のユーリアが重なった。

あの時もその前も、彼女の可愛さと優しさにエリアスは惹かれたのである。

「だが……もう遅い。ユーリアは出て行った」

今更気づいてもどうしようもない。

「追いかければよろしいのでは？」

「追いかけても無駄だ。ユーリアは、私を嫌っている……だから出て行ったのだ。どんなに私が愛していても、彼女が応えてくれることはない」

「それは、わたくしにではなく、ユーリアさまにご確認してみてはいかがでしょう。無駄かどうかは、そこでご判断なさいませ」

ヤーコフが出口を示した。

「今更……」

拒否されることが恐くてエリアスは足を踏み出せずにいる。

すると窓辺にいたミリーが、

「あれはユーリアさまかしら？　屋敷の大門の近くにいらっしゃるわ。でも、門の向こうにも誰かが……」

窓から身体を乗り出して言う。

「えっ？」

「おや、領地境に連れていけと命じたはずですが、門の外と間違ったのでしょうかねえ」

ヤーコフも窓辺に行く。

「じゃあれは、ブルム伯爵？」

ミリーが言った途端、エリアスは駆け出していた。

「あっ、エリアスさま！」


ディステル侯爵邸は小高い丘の上にあり、正面玄関から下の大門までは、ぐるりと丘を回るような道になっている。なだらかな坂道のそこを、ユーリアは大門を目指しながら歩いていた。

「屋敷の窓からは近く見えたけれど、思ったより遠いのね」

侯爵邸から出るだけでも大変だ。これからあそこの大門を出て町まで歩かなくてはならないのだが、陽が落ちるまでに着くだろうかと少し不安になる。

「でも、今後は自分の足で歩かなくてはならないのよ」

頑張って前に進まなくてはと自分で自分を励ます。

(だけど……あの方とはどんどん離れて行ってしまうのよね)

町に近づけば近づくほど、エリアスとは離れて行くことになる。あの美しい貴公子の顔を見ることは一生ないだろう。

少し悲しい気持ちになったが、それを振り払うように速度を上げて歩き始めた。

しばらくすると……。

「馬が……？」

後方から馬の蹄《ひづめ》の音が響いてきた。

振り向くと、

「あれは、エリアスさま！」

エリアスが金髪とマントを靡《なび》かせながら、馬に乗ってユーリアの方に駆けてくるのが目に入る。

「待ってくれ！　ユーリア！　待ってくれ、行かないでくれ！」

叫びながら近づいてきた。

「ど、どうなさったの？」

びっくりしながらも、二度とないと思っていたエリアスの顔を見ることができて、嬉しく思ってしまう。

エリアスは馬から飛び降りると、息を切らしながらユーリアにハンカチを差し出した。

「あ、これ……」

イニシャルが刺繍してあるそれは、ユーリアが幼少の頃に使っていたものである。

「私がずっと大切に思っていた子が持っていたものだよ。すごく苦しい時代に労わってくれて、そして現在私が侯爵になれたのも、この持ち主のおかげだ」

「思い出してくださったの？　ありがとう嬉しいわ」

最後にいい話が聞けて、エリアスの顔も見られてよかったとユーリアは喜ぶ。

「思い出したのではない。ずっと覚えていた」

「で、でも……」

忘れていたではないかという目で見上げる。

「君があの時の少女だとわからなかったんだ。私の中では少女のままで、こんなに綺麗な女性になっているとは……想像もしていなかった」

少々ばつの悪そうな表情でうつむく。

「まあ……そうだったの」

あの頃と比べると背も伸びたし、まん丸だった顔つきも変わったのは確かだ。

「私は当時、五貴族の末裔としての能力がとても低く、周りからは侯爵家を継ぐのは難しいと言われていた。私の周りにいる女の子たちも、将来のディステル侯爵だと期待して群がってきているだけで、そうではないなら要《い》らないという態度だった。君は私の身の上にこだわらず優しくしてくれて、嬉しかった」

エリアスははにかむように微笑む。

「あれから母を亡くし、バーロス侯爵の怒りが続いて大変だった。私が母の実子でないことを詰り、能力も低く馬の目を外して盗むような者は追放するべきだと」

間違えて倒してしまったから外れたのだと訴えても取り合ってくれず、返そうとしても受け取ってくれなかったという。

「大変だったのね。でも、どうしてわたしが馬を倒したから外れたのだと、言わなかったの？」

「君が罰を受けると心配したし、女の子に罪を擦《なす》り付けるような気がしてできなかった」

ヤーコフから聞いたことと同じ答えが戻ってきた。

「わたしのお母さまのお手紙が届いて、バーロス侯爵のお怒りが収まったのでしょう？」

先程ヤーコフから告げられたことを伝える。

「いや、それは違うよ。その前に怒りは収まっていた」

「そうなの？」

不思議そうに聞き返したユーリアに、エリアスは襟元からなにやら取り出して見せた。

それは金の鎖についているバラ色の小さなロゼル・ライトで……。

「あの時の馬の目？」

ユーリアの問いかけにエリアスはうなずいた。

「この馬の目を握り締めて、バーロス侯爵に対して強く念じながら謝罪したんだ。そうしたら、驚くほどすんなり許してくれて、しかもディステル侯爵家の跡継ぎとして認めてくれるようになった。ロゼル・ライトが私の能力を引き出し、相手の意識を変える力があるとわかったのはあの時だ。それからは、思い通りに力が使えるようになっていった」

「ロゼル・ライトがきっかけに？」

「ああそうだよ。不思議なことに、バーロス侯爵の時のような真実に対しての力はずっと効いているけれど、君に使ったような真実とは違う歪んだ使い方をした場合は、効力がすぐに消えてしまう」

苦笑を浮かべる。

「だからこの馬の目は、私を跡継ぎに導いてくれた大切なものだ。これを与えてくれた優しい君も、同様に大切に思っていた」

言いながらロゼル・ライトのペンダントを襟の中に仕舞う。

「ブルム伯爵家の舞踏会で君とぶつかった時は、あの時の少女が君だったとは夢にも思わなかった。でも、名前も何も知らないのに、不思議なほど強く惹かれていた。他に待っている女性を差し置いて踊りたいと思ってしまうほど……」

「あの時わたしを見て驚いたのは、それが理由でしたの？」

ユーリアはあの時、エリアスが昔会ったことを思い出したからだと誤解していた。

「そうだよ。そして踊りに慣れていない君は素直で可愛らしかった。舞踏会が終わったら交際を申し込んでもいいものか、考えていた」

「まあ……」

そこまで自分を血筋に関係なく気に入ってくれていたことに驚く。

「だが、君の名前を聞いた時、好意が目的に変化してしまった。捜していたルバルト令嬢は諦めるしかないと思っていた矢先だったからね」

エリアスの眉間に深く皺が刻まれる。

「すぐさま私のものにしようと思った。私はすぐに領地に戻らなくてはならなかったし、その後は再び戦地に赴くことになる。交際などしている余裕はない。君は魅力的だから、不在の間に他の男に取られてしまうかもしれない。私を愛してくれなくてもいいから強引に妻にしてしまおう。それがディステル侯爵家のためにもなるのだと、そんなことを考えていたら、私の腕の中で君が気を失ってしまった」

（あ、あのダンスの時……）

空腹で倒れてしまったことを思い出し、ユーリアは頰を染めた。

「君を私の妻にする絶好の機会を、天国の父が作ってくれたのだと思った。それで、急いで馬車に乗せて領地に向かい、強引に結婚してしまったんだ」

そこまで言うとエリアスは地面に跪き、ユーリアの手を捧げ持つ。

「こんな私を嫌って出て行ってしまうのは無理もない。だが、私は君を愛している。君がルバルト伯爵令嬢と知る前から好きだった。誰よりも君を大切にしたい。もう一度戻ってきてくれないだろうか」

「わたしの血筋では完璧な侯爵夫人にはなれないわ」

「それは……もういい。父と私は別人なのだ。そもそも、父のような侯爵になることに固執したのは、父を安心させたかったからだ。君を諦めて、幸福とは縁のない人生を歩んでも、父は喜ばないだろう」

　そこまで言うと、ユーリアに心配そうな目を向けた。

「それに、君には身寄りも財産も、伯爵家の領地も家もない。ここを出たら路頭に迷ってしまうから、すごく心配だ」

　真摯な目を向けて訴えられる。

「修道院があるから大丈夫よ」

「あの修道院の経営が苦しいのは知っている。食べる物にも苦労するに違いない。だから、ここで不自由なく暮らしてはくれないだろうか。もちろん今後君には一切触れない。力を使って心身を操作したりもしない。私の顔など見たくないというのであれば、それは大丈夫だ。来週には王都に戻って戦地に向かう。君はこの屋敷で、自由に暮らせばいい。もちろん、私が戦死しても暫定侯爵としていられる手続きは済んでいる。戦死の際に支払われる寡婦《かふ》年金も、タイスの妻であれば不自由なく暮らせる額が支払われるだろう」

　エリアスはユーリアの手の甲に額をつけ、懇願するような形で一気に告げた。

「そこまでわたしを？」

　自分に対する想いの強さに驚く。

「自分でも、止められないほど君が好きだ。君がバーロス侯爵家の血を引いていなくても、もし貴族でなかったとしても、構わない。私や侍女の怪我を心配し、優しく思いやりのある美しい君が、誰よりも、愛しい」

最後はエリアスの声が震えているように感じた。

余裕の表情と態度でいる普段の彼とは別人のように頼りない。

「どうしてそれを、わたしの顔を見て言ってはくださらないの？」

おそらくこれは、ユーリアにとっても、一生に一度あるかないかの熱烈な愛の告白だと思う。

「顔を上げたら、君の目を見て、また思い通りにしようとしてしまう。それくらい、君に対する想いが強いんだ。だから……」

恐くて上げられないのだと言う。

「エリアスさま……ずるいわ」

「え……？」

ユーリアのつぶやきに、怪訝な表情を浮かべる。

「そんなことを言われたら、わたし、絆されてしまうもの。あなたは目だけでなく、言葉でも人を操る力を持っているわ」

必死になってエリアスを諦めようとしていたユーリアの心は、大きく揺らいでしまっていた。

「いや、そんなことはない。今は、普通に話している」

「普通に話していても、わたしにとっては力を使われているのと同じだわ。だって……」

困ったようにユーリアは横を向く。

「好きな人のお願いなのだもの。言われたら、受け入れてあげたいと思ってしまうでしょう？」

　エリアスから顔を背けたまま、ユーリアは素直に心情を吐露してしまう。

「好きな人とは……私？」

　エリアスは狼狽しながら問い返した。

「こんな状況でなければ、エリアスさまから求愛されて、天にも昇るほどの嬉しさを覚えたと思うわ」

　実は、こんな状況でも嬉しくて堪らなかったのだが、胸の内に隠して告げる。

「それは、私を好きだという意味に受け取ってもいいのだろうか」

「も、もちろんよ。でも、妻として戻ることはできないわ」

　ユーリアが毅然として告げた途端、エリアスの表情が悲しげなものに変わる。

「やはり私がしたことを怒っているのだね」

　難しい表情でつぶやいた。

「ええ怒っているわ。あんなことをされて、許せると思う？」

　少し強い口調でエリアスに問いかける。

「そうだね……。私は君の人格を踏みにじることを、沢山した。本当に申し訳ない」

　握っていたユーリアの手を離すと、エリアスは跪いたまま深く頭を下げた。

「エ、エリアスさま……」

タイスの位を持つ上級貴族の男性に、最上級の謝罪の形を取られたのである。

驚くとともに更に心が揺らいだが、最上級の謝罪をされたからといって、このまま許すわけにはいかない。

「い、今更戻ることはできないのだから、今までのことはもういいわ」

「いいというのは、許してくれるということ？」

「そうよ。だけど、これからのことで許せないことがあるわ」

もうひとつ、改めさせなくてはならない大切なことがある。それが解決しなければ、また辛いことになるだろう。

「これから？」

エリアスはユーリアを不思議そうに見上げる。

「わたし、こんなに若くして未亡人になりたくないわ」

不満げに答えると、エリアスを軽く睨んだ。

「それはどういうことだろうか？」

怪訝な表情で問い返される。

「危険な戦地をわざわざ選んで行こうとするような夫は、嫌なの」

ユーリアの返事を聞くと、エリアスは表情を曇らせた。

「……私に戦地へ行くなと？」

「王都でお仕事をするように打診されているのに、わざわざ危険な場所を希望していらっしゃるのは何故なの？」

困惑したように目を伏せたエリアスに質問する。

「それは……」

「お父さまのような侯爵になるには、妻以外にもうひとつ、必要なものがあるからでしょう？」

ユーリアの言葉に、エリアスがぎくっとした反応を見せた。

「……それは……」

「ダ・ムーザ勲章を得たいからだと思ったのだけれど？」

「なぜ……それを？」

「やはりそうなのね。あなたのお部屋に飾ってあるお父さまの肖像を見て、気づいたの。前侯爵さまはタイスの位の他に、ダ・ムーザ勲章を授章なさっていたと」

ダ・ムーザは、死と引き換えにするほど危険な戦いで勝利を収めた場合に授与される特別な勲章である。

ユーリアが詰め寄ると、観念したようにエリアスは苦笑した。

「ダ・ムーザを得なければ完璧ではないからね」

「その勲章は、ほとんどの方が戦死した後に賜っているわ。生きていて授章された方はごくわずかよ？」

「知っている。父も五年前に戦死した際、功績が認められて授章した。肖像画についているダ・ムーザ勲章は、父の死後に描き加えたものだ」

「エリアスさまは、ダ・ムーザ勲章が得られるのなら、お父さまと同じように戦死してもいいと思っていらっしゃるのよね？」

エリアスが観念したようにうなずいた。

「死んでもいいと思っているのに、わたしと一緒になりたいなんて、ひどすぎるわ！　だから、これからのことで許せないと言ったのよ」

精いっぱい恐い顔でエリアスを睨む。

「戦地に行くのは、君に嫌われているのだから、側にいる時間は短い方がいいと思った。それと……まあ、もし戦死したとしてもダ・ムーザを授章すれば、少しは私を見直してくれるのではないかと……」

国を守るために戦い、功績の報せが続々と届けば、妻として悪い気はしない。社交界では注目を集め、夫の功績に対して賞賛の言葉を贈られるだろう。ユーリアが王都の貴族社会で暮らしていく上で、いい支えになるとエリアスは考えているのだ。

「わたし、夫を自慢するために結婚するのではないわ。勲章を授かっても、死んでしまったら悲しいだけじゃない！」

「君が夫を自慢の道具にするような人間じゃないことはわかっている。だが私には、君にしてあげられることが、そのくらいしかないんだ」

力なく首を振る。

「本当にないと思っているの？」

「ごめん……思いつかない。どうすればこれ以上君に嫌われずに済むのだろうか」

「わたしは嫌ってなんかいないわ。あなたが誤解しているだけよ」

「……だが、君は……」

　困惑しきった表情をエリアスは浮かべた。

「強引に妻にされた時は嫌いだって思うくらい怒ったわ。でも、あなたはわたしの憧れの人だったもの……」

　本当に嫌いになどなれないと、ユーリアは首を振って答える。

「それは真実《まこと》のことなのか？」

「ええ。そうよ。でも、あなたはわたしを愛してはいない。愛していると錯覚しているだけなのよ」

「いや、私は君を本当に愛している」

「あなたの愛は幻。実体がないわ」

「そんなことはない。君への愛は確かなものだ。今はもう血筋も何も拘っていない。君だけを愛して……」

「あなたにとって、あなた自身が幻なのよ！」

　エリアスの言葉を遮って叫んだ。

「私が？　こうして君の前に立っていて、君と話をしているではないか」

自分を見てくれと、エリアスがユーリアに訴える。

「あなたは自分自身を押し殺して生きてきたから、本当の自分を失ってしまっているの。だから、自分自身を愛せていないのよ」

ユーリアの言葉を聞いてエリアスの表情が強張った。

「私が……自分を愛していない……と？」

「そうよ。そして、自分を愛していない人に、他人を心から愛することはできないわ」

「確かに私は、自分を抑えている部分はあるが、愛していないということはない。そして、君に対する愛も本当だ」

「そうかしら？　自分を愛していたら、死を恐れず戦場に行ったりしないわ。心からわたしを愛しているなら、自ら死にに行くようなことはしないわ。あなたは自分にもわたしにも、愛しているという幻想を抱いているだけなのよ」

「それは違う。本当に君を愛している。君が行くなと言えば戦場には行かない」

きっぱりとユーリアに告げる。

「行かなければ、ダ・ムーザ勲章は得られないわ。それでもいいの？」

「……勲章は……君を得られるのなら、諦められる」

「諦めたら、お父さまのようになるという理想から、もっと離れてしまうのよ？」

勲章を得られなければ、妻と併せて二つも父親と同じではなくなるのだ。そのことに耐えられるのかとユーリアはエリアスに問いかける。

「君が戻ってきてくれる方が私には重要だ。そのためなら勲章を諦めて、打診されていた王都勤務を受け入れるよ」

　思いきった表情でエリアスが告げた。

「本当に？」

　疑い深い目でユーリアは見返す。

　彼にとってこれは、幼少の頃から抱いていた理想を否定することに繋がるのだ。簡単に約束できるものではない。

「そ、それは、まあ、……もし君が、私を、愛してくれるのなら……それが私の勲章になるからね」

　恥ずかしげな表情で答えた。

「わかったわ。エリアスさまがわたしを愛するために、ご自分を大切にしてくださるのなら、わたしはあなたの妻に……」

　エリアスが突然立ち上がったので、ユーリアの言葉が途切れる。

「私が君と自分を愛せば……君は、私を愛してくれると？」

　驚愕の表情で見下ろされた。エリアスの勢いに驚いたユーリアも、目を見開いて彼を見上げる。

「……前にも、言ったと思うけれど……」

　胸のドキドキを落ち着かせるように、ユーリアはゆっくりと話し始める。

「バーロス侯爵家で会ったあの時、あなたの優しさと強さに惹かれて好きになったわ。あれからずっと、あなたはわたしの憧れの人だった」

言いながらユーリアはうつむき、指輪の嵌まっている自分の手を見た。

「お母さまの指輪を処分するなと言ってくれた時、わたしが好きになった頃のあなたが戻ってきてくれた気がして、嬉しかった。今のあなたも、同じ表情をしているわ。あなたを愛させてくれるのなら、わたしはきっと幸せになれると思うの」

ユーリアの返事を聞いている間に、大きく見開いたエリアスの緑色の瞳が潤んでいく。

「私は再び、君に触れることを、許されたのかな？」

恐る恐るという感じでエリアスの右手がユーリアに伸びてきた。

「もちろんよ」

ユーリアは目の前に来たエリアスの手を、両手で包むように握る。

「バーロス侯爵邸であなたと出会い、手を繋いだわ。あれからわたしの心と身体は、あなたと再び手を繋げる日を待っていたような気がする……」

言いながら握っている手に力を込めた。エリアスの握っていない方の手が伸びてきて、ユーリアの背中に回される。

「ありがとう。君が私の妻でいてくれる限り、全力で君を愛し、そして自分も大切にすることを誓うよ！」

ぎゅうっとユーリアを抱き寄せながらエリアスが宣言した。

けれど、それに対する返事は、強く抱き締められすぎていてユーリアにはできなかった。

(術の力以外にも、言葉を奪われてしまうことがあるのね……)

嬉しい苦しさに苛まれながら、ユーリアは幸せを感じていた。

10

ディステル侯爵邸の正門付近から、エリアスの操る馬に乗ってユーリアが戻ってきた。

「ユーリアさまがお戻りになられたわ！　ああ、よかった！」

ミリーはヤーコフとともに二人を出迎える。

二人が屋敷に到着すると、ミリーは嬉しくて大泣きしてしまった。せっかく洗って綺麗にしたのに、ユーリアから借りたハンカチは再びびしょびしょである。

「いつまで泣いているのですか。ユーリアさまのドレスをお持ちしなさい」

ヤーコフから厳しい言葉が届くが、いつもは冷静な家令の目も少々潤んでいる気がする。

「は、はい、ユーリアさま、ドレスのお召し替えを……」

自分の貸した地味な外出着から侯爵夫人のドレスに取り替えなくてはならない。

「着替えなら私の部屋でするから、あとで持ってきなさい」

エリアスはユーリアを馬から抱き下ろすと、そのまま横抱きにして屋敷に入り、ミリーに告げた。

「エリアスさま。ひとりで歩けますわ」

廊下を歩きながら、ユーリアが恥ずかしそうに訴えている。

「下ろしたらまた出て行ってしまいそうで嫌だ」

エリアスが即座に答えた。

「出て行かないわ。本当よ。さっき約束したばかりだわ。信じてくれていないの？」

ユーリアが困惑している。

「わかっている。今のは冗談だよ。この屋敷に君を迎えるところから、やり直したいんだ」

階段を上り始めたエリアスが、嬉しそうに答えていた。

「エリアスさまの笑顔が、なんだかすっきりとしていますね」

二人の後ろ姿を見上げながら、ミリーはヤーコフに言う。

「屈託がなくなられたのでしょう。前侯爵夫人が亡くなられる前までは、あのような笑顔をよく見せていらっしゃいましたよ」

懐かしげにヤーコフが目を細めた。

「ヤーコフさんの笑顔も、すっきりなさっているように見えますわ」

「わたくしの笑顔はいつもすっきりしています。ただし、滅多に浮かべることはありませんが。それより、正門前の人影はどうなりましたか」

片眉を上げて、ヤーコフがミリーを見た。

「あれは、なんか見間違いだったみたいです。あ、そうそう、侯爵夫人のドレスを急いでお持ちしなくては」

ミリーは意味深な笑顔を浮かべながら、衣裳部屋へと向かう。

（ユーリアさまが戻られてよかった！）

急いでドレスを選び、戻ってきたのだが、

「あら？」

居間に二人の姿がない。

扉が閉じている寝室の前にヤーコフが立っている。

「こちらに入られてしまわれましたので、しばらくここで待機ですね」

溜息混じりにミリーに告げた。

「そ、そうですか」

頬を赤らめながらミリーもうなずく。これから本当の夫婦になる儀式が始まるに違いない。

ドレスを持ったまま、閉じている寝室の扉を見ていたら、

「エリアスさま！　わたし、自分で脱げますわ！」

ユーリアの困ったような声が響いてきた。

「夫婦はお互いを助け合うものだ」

「ええ。そうですけれど、あ、だめ、恥ずかしいわ！」

「大丈夫だよ。それに、初めてではないのだし」

エリアスとユーリアのあられもない会話が聞こえている。

「そうだけど、こんな、昼間の明るいうちに……きゃ、パニエをめくっては嫌！」

「ふーん。侍女の服には面倒なコルセットがないのだな。脱がせやすい」

「そんなことに感心なさらないで、あぁっ、ドロワを引っ張らないで！　み、見えてしまう」

「恥ずかしがることは何もないよ。君は服を着ていてもいなくても、とても綺麗で魅力的だ」

「そ、そういう問題じゃないわ。それに、わたしだけ脱がされるなんて……」

「ああ、それもそうだね。二人で生まれたままの姿になって、愛を誓おう」

聞いているだけで赤面してしまいそうな言葉が、扉の向こうから聞こえ続けている。

「これはしばらく終わりそうにありませんね」

ヤーコフが呆れ顔で首を振る。

「お召し替えは夕方になりそうですわ。でも、ユーリアさまがお戻りになられて、本当にほっといたしました」

苦笑しながらミリーは胸をなでおろす。

「そうですね。これで、エリアスさまも落ち着かれて、今後は王都でのお仕事で活躍なさるでしょう」

「戦場への赴任はなくなったのでしょうか？」

「もう十分危険な場所で王国の為に戦っていらっしゃいましたからね。三代のちの子孫の分まで軍役をこなしたと言っても、過言ではないと思いますよ。貴族管理院からも、戦略や武器についての知識が豊富であるエリアスさまには、王都に詰めて働いてもらいたいと再三依頼をいただいております。愛するユーリアさまとご一緒にお暮らしになるためにも、そのお仕事をお引き受けするに違いありません」

誇らしげな表情でミリーに答える。

「それは安心ですわね！」

「ええ。さて、わたくしは仕事に戻りますので、終わったら連絡をください」

ヤーコフは踵を返し、ディステル侯爵の居間から出て行った。

「はい。わたくしも、ここのお掃除をしながらお待ちします」

二人の熱い交わりを扉越しに聞き続けていたらのぼせそうなので、ミリーも掃除の仕事を始めた。

エリアスはユーリアのことを綺麗だと言うけれど……。

（この方の方がずっと綺麗だわ）

ベッドに仰向けで寝るユーリアを上から、覆い被さるように見下ろしているエリアスを見上げて思う。

タイスの軍服を脱ぎ、引きしまった裸体を惜しげもなく晒していた。肩や胸には適度に筋肉がついている。

彼の身体を明るい場所で見るのは初めてだ。男性の色気というものを感じて、ドキドキする。

とはいえ、エリアスの美しい身体をゆっくり鑑賞している余裕はない。ユーリアから見えない彼の下半身の立派な部分が、ユーリアの大切な部分に挿入されているのだ。

エリアスがゆっくりと腰を進めると、幸せな快感がそこから伝わってくる。

「あ、ふ、ふぅんっ、ん」

はしたないと思うのに、吐息混じりの声が出てしまう。

「君は声も可愛い。色っぽくて、もっと聞きたくなる」

更に熱棒を出し挿れし、ぐちゅっぐちゅっといやらしい水音を立てる。

「や、んっ、恥ずかし……あ、そこ、突いては……あぁっ」

「感じている？」

「ん、か、感じて……おかしく、なりそう」

硬い筋肉に覆われた肩に摑まり、首と背中を反らして喘ぐ。

「私もだよ。君の中が熱く締め付けてきて、たまらない」

感嘆の声を発し、腰の動きを速めた。

「あ、だめ、感じ、すぎて」

「いいよ。私もいつも以上に感じている。君の色っぽい身体がよく見えるからかな。ここも、綺麗で美味しそうだ」

ユーリアの乳房を摑み、優しく揉みしだく。

「んっ、そこはっ……」

乳房への刺激が加わり、強すぎる快感に全身が震えた。

「唇も可愛い。キスをしたら怒る？」

（キス……）

エリアスの唇にも特殊な力がある。キスされて命じられたら、どんなことでも従ってしまう。

だが、今のユーリアはエリアスとの愛に溺れていて、キスをしてもしなくても言いなりだ。

「……して……」

小さな声で答える。

「ん？　キスしていいの？」

確認の言葉に、息を乱しながらユーリアはうなずく。

「……キス……してほしいの……わたし、あ、んっ」

「なに？」

ユーリアの感じる場所を刺激しながら、エリアスが嬉しそうに質問した。

「エ、エリアスさまが、……好きだから……」

唇でも一緒になりたいと、頭の中で続けながら唇を自分から近づける。

「んっんんっ……」

彼の唇に唇が重なると、幸福感が一気に跳ね上がった。エリアスの熱棒が出入りしている蜜壷の中も、快感の熱が上がっていく。

「う……んっ、んんんっ！」

舌を絡め合いながら、お互いの口腔を貪った。

（すごい……）

快感で身体の芯が熔けてしまいそうだ。

「愛している。これからは君の望むことは何でも叶えるよ。どうしてほしい？」

「先ほども、お、お願い、したけれど、ご自分のことも愛して……大切にしてほしいわ。それから、……あんっ」

声を発したせいで中がいっそう刺激される。

「わかった。それで君が私を愛してくれるのなら、そうしよう。それから？」

「わたしと、ずっと、一緒に……いてくださる？」

吐息混じりの声で質問した。

「もちろんだよ。君が嫌だと言うまで、ずっと一緒だ」

本当はユーリアが嫌でも一緒にいたいけれどと、笑う。

「嬉しい。わたし、幸せだわ」

エリアスの首に抱き付いた。

「私も幸せだよ。これから先は、ずっと二人で幸せになろう。いつか子どもができたら、家族で幸せになろう」

エリアスの言葉に同意を示す意味を込めて、ユーリアは再び彼の唇に口づけた。

終

二人が名実ともに夫婦となった翌月、王都では戦勝記念のパレードが催された。
エリアスの活躍のおかげで奪還できた領地を足掛かりに、侵略してきた外国勢を撃退し、新たな領地も手に入れたのである。

勝利の一番の功労者として、エリアスはダ・ムーザ勲章を授与された。父親に次ぐ快挙として上級貴族の中でも一目置かれる存在となる。王都をめぐるパレードでは、最前列の馬車に、ユーリアとともに乗ることとなった。

幌《ほろ》が畳まれたパレード用の馬車は、薔薇の花と金と銀のリボンで豪華に飾られている。ダ・ムーザとともに沢山の勲章が飾られたタイスの軍服を着た美丈夫なエリアスと、気品のあるドレスと豪華なロゼル・ライトの首飾りをつけたユーリアが乗ると、眩い光がそこから放たれているかのように輝いた。

彼らを見た沿道の人々は、その美しさに息を呑み、勝利の喜びに歓声を上げている。

このパレードの後、エリアスが出向かなければならないような戦は起こらず、ユーリアが悲しむことはなかった。

王国の平和と繁栄は、二人の幸せな結婚生活と共に末永く続いたという。

あとがき

こんにちは、ソーニャ文庫さんでは初めまして、しみず水都《みなと》です。独特のコンセプトを持つこちらのレーベルに書かせていただき、大変光栄です。

ということで、ワケアリな優しいヒーローにあれよあれよと嫁にされ、支配されてしまうヒロインの、ファンタジックでエロティックなお話を書いてみました。

イラストを担当してくださったウエハラ蜂《はち》先生、お忙しい中お引き受けくださり、ありがとうございました。ヒロインも支配したくなる可愛さが溢れていて、大変嬉しかったです。ヒーローのラフは美しくミステリアスで、手をグーにして感動してしまいました。

本作を担当してくださった編集さま。プロット時点からお世話をおかけして、申し訳ありませんでした。複雑な人物の相関図を送っていただいた時は、感動いたしました。お忙しい中、大変だったと思います。丁寧なアドバイスもありがとうございました。

そして読者の皆様！　エロ優しいゆがんだヒーローはいかがでしたでしょうか。やや陵辱感の強い（当作者比）お話でしたが、楽しんでいただけたましたか？　ご意見ご感想等、お聞かせいただけましたら嬉しいです。今後とも、応援よろしくお願いいたします。

しみず水都

この本を読んでのご意見・ご感想をお待ちしております。

◆ あて先 ◆

〒101-0051

東京都千代田区神田神保町2-4-7 久月神田ビル7階

㈱イースト・プレス　ソーニャ文庫編集部

しみず水都先生／ウエハラ蜂先生

蜜惑《みつわく》の首飾《くびかざ》り

2015年7月10日　第1刷発行

著　者　しみず水都《みなと》

イラスト　ウエハラ蜂《はち》

装　丁　imagejack.inc

DTP　松井和彌

編　集　馴田佳央

発行人　堅田浩二

発行所　株式会社イースト・プレス

〒101-0051

東京都千代田区神田神保町2-4-7 久月神田ビル8階

TEL 03-5213-4700　　FAX 03-5213-4701

印刷所　中央精版印刷株式会社

ISBN 978-4-7816-9556-3

定価はカバーに表示してあります。

Sonya ソーニャ文庫の本

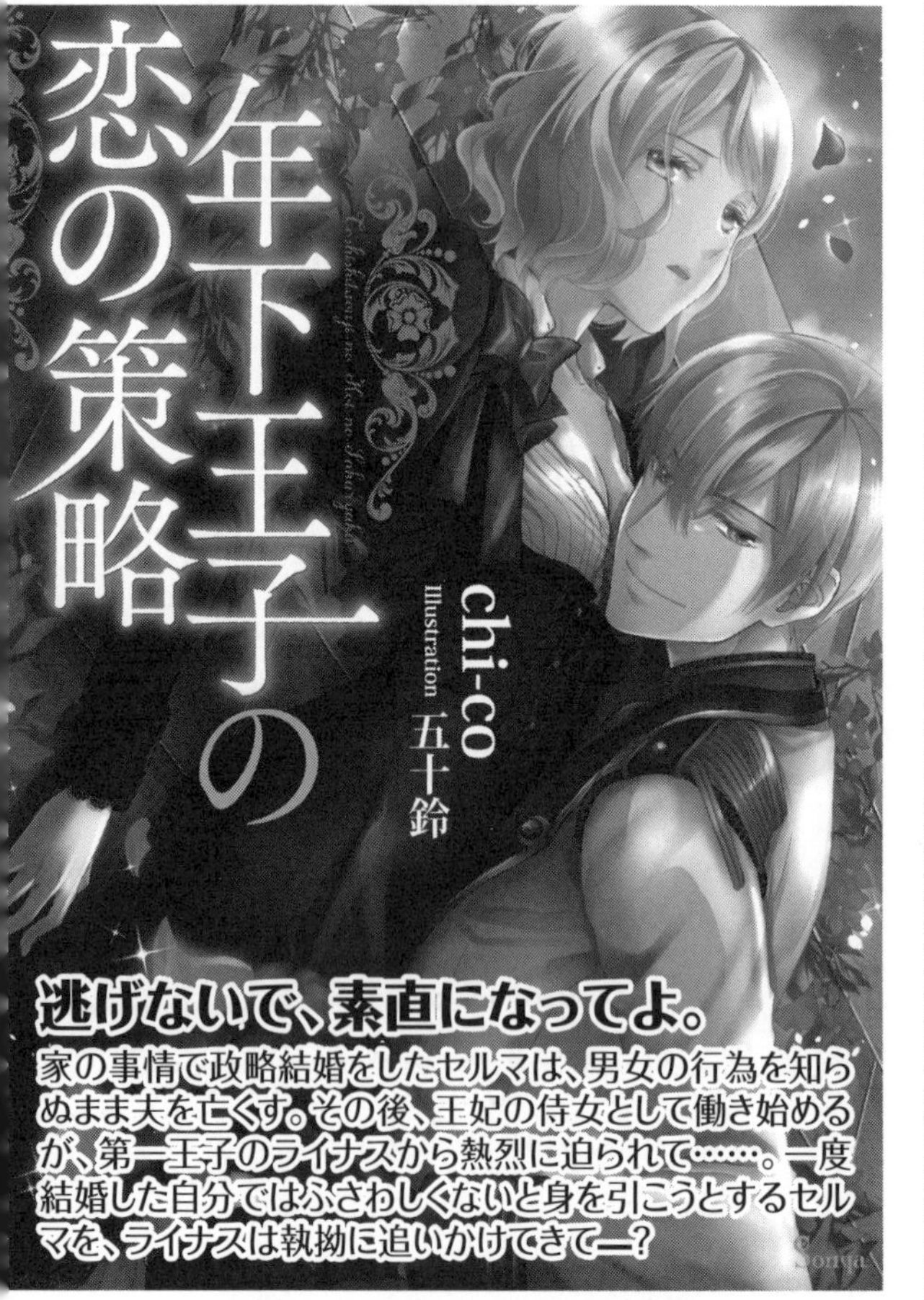

『年下王子の恋の策略』 chi-co

イラスト 五十鈴